定年後。こう考えればラクになる

江坂 彰

PHP文庫

○本表紙図柄＝ロゼッタ・ストーン（大英博物館蔵）
○本表紙デザイン＋紋章＝上田晃郷

まえがき

定年後は〝気軽〟に生きる——それだけでよい。

待ってました定年と期待過剰もせず、ああ定年と落ちこみもせず、第二の人生まあまあうまくいったなという程度で十分だろうと思っている。

家族、健康、お金、趣味、交友などすべての面で百点満点など求めず、六十代は七十点、七十代は六十点で満足したいもの。八十代はおまけ、アンチ・エイジングとムリに気張らず、ケセラセラといきたいもの。

定年後は夫婦ふたり暮らしが基本だろうが、常に一緒に行動しようとすると、互いに呼吸困難になる。うっとうしい、アラが目立つ。ヨメさんばなれするために、自分だけの趣味、男たちだけの井戸端《いどばた》会議も必要だろう。男だっておしゃべりが楽しい。

もうガチガチの組織人じゃないから、心の疲れる良い人ごっこなどやめよう。むろん義理も大事だろうが、不義理が出来るのが定年後の特典である。サラリーマン時代は、仕事と職場の人間関係に自分の性格を合わせたが、これからは自分の性格に合った仕事・趣味を見つけよう。自分の好きなことを、大威張りでやろう。新しいものを学べば頭がボケないというが、逆に伝統文化のなかに入っていくのも楽しいし、頭の刺激になる。

清貧《せいひん》ごっこはいやだが、贅沢《ぜいたく》暮らしもわれら庶民《しょみん》には不可能。ちょっと贅沢、ちょっと質素がちょうどいい。旅に出よう。ちっぽけな財産は、子どもに残すより、陽気なラテン系のように、生きているうちになるべく使ってしまおう。

健康ごっこもいいが、たまには不健康なこともやろう。人間なんだから、足腰も胃腸も丈夫でタフな男でも、早死にすることはある。当たり前だが、人間寿命がつきたら死ぬ。

「あらためて益なき事は、あらためぬをよしとするなり」（兼好）。自分の過去を反省、後悔するのも、ほどほどにしておいた方がよい。定年後あと二十年あるから、やや楽観的に考え、真っ白な紙に、面白そうな未来図を描《か》いてみよう。それが出来る人が人生の達人である。

私は人生に生きがいなどないと思っている。もたなくとも、心豊かな余生をおくることができる。人生それぞれ、人さまざま、多種多様な生き方の時代である。会社の出世レースじゃあるまいし、他人と自分を比較するのはほどほどにしておこう。

何々すべきというタテマエじゃなく、ホンネのところで、定年後の気構え、ライフスタイルの有り様のようなものを、自分の体験に重ねて、エッセイ風に述懐《じゅっかい》してみた。

また本書は、五十代サラリーマンへの応援歌のようなものだと思っていただけたらうれしい。

江坂　彰

定年後。こう考えればラクになる——目次

第二章　成熟の後半生へ、私の方法

第三章　明日への元気は、歴史がくれる！

第四章　心を癒す「名文・名句」と出会う

第一章

団塊諸君、サラリーマンでよかった！

1　会社が私を育ててくれた

私の感傷旅行から、話をはじめる。

いまから五年余も前、一月の寒い日に、サラリーマン時代私をかわいがってくれた社長がなくなった。山形県庄内《しょうない》の人、享年九十。大往生である。葬儀に出席して、昔の会社仲間に会った。

なつかしさもあり、淡《あわ》い淋《さび》しさもある。顔を見たことのない社員のほうが多い。なにしろ私が会社をやめて十七年余過ぎ、気が付いてみると自分は六十四歳。その間一度も本社の玄関をくぐったことがない。夜、対談や講演を終えて、ハイヤーで送ってもらったとき、青山通りで運転手さんにちょっと停止してもらって、本社ビルを見上げたことがよくある。

煌々《こうこう》とあかりがついている。

ああ、頑張っているナと思った。ご苦労さんと、昔の部下に声をかけたい。なつかしさのあまり、ついそういう衝動にかられたが、あと一歩のところで、踏みとどまった。あるいは踏み込めなかった。われわれの世代には、会社をかわる、独立するということは人生の一大事であり、退路を断ってたたかう覚悟がいった。

まだ日本中が貧しかった時代にサラリーマンになったわれわれには、会社に食べさせてもらった、一人前に育ててもらったという恩義のようなものがある。勤めていた会社をやめることに裏切りとまではいかないが、一種の後ろめたさがある。外で昔の会社仲間に気楽に会っても、とても会社の中まで入っていけない。

いまの若い人は平気でやめた会社へ遊びに行くという。会社をかわるのも平気、フリーターで生きることへの恐怖感もない。世の中の様変わりにはおどろく。むろん彼らのライフスタイルのほうが面白い。少なくとも片意地張らず、しなやかな生き方が出来ることは、理屈ではわかるが……。

◎商人の気概と遊び文化を教えてくれた恩人

葬儀から帰って、その日は一日中ぼんやり空を見ていた。はるか昔の、なつかしいさまざまのことを思い出した。

亡くなったトップは、みごとな明治の精神的骨格をもった人だった。流通業界きっての荒法師《あらほうし》、仕事師といわれ、ライバル会社に恐れられ、尊敬もされていたが、えらぶったところは毛ほどもなかった。遅刻の常習犯で、血気さかんで、何事も一言多くて、会社にさざ波をたてる私を、ひそかにかばってくれた。

私は四十一歳で関西支社長に栄転した。給料が上がった。おまけに会社が気前よく庭付きの一軒家を借りてくれた。家内も娘も大よろこび。こうなればいやおうなくハッスルせざるをえないじゃないか。よくいう、豚もおだてりゃ木にのぼる……。この時期ほど懸命に働き、勉強したときはない。

私の勤めていた広告会社は、戦後生まれの新興企業で、本拠の東京ではかなりの勢力をもっていたが、かなしいかな、大阪ではせいぜい幕内下位あたり。

ベテランも少なく、みんな小さくなっていた。が、その点は自分の性格もあるだろうが、あまり心配しなかった。

本社の人事部がしっかりしていたせいもあって、磨けばひかる粒よりの人材がそろっていた。彼らに自信を持たせることこそ、自分の仕事だと思った。アドマンとしての仕事の誇りと自信。なるほどわが社には歴史、伝統がない。関西ではあまり知られていないし、知識、ノウハウも少ない。が、ただ一つの有利な条件をもっている。それは青春まっ只中にいるということだと、まるで布《ふ》教師《きょうし》のようなことをいったが、これは私の実感でもあった。

また本社もまかせるところは支社に全部まかせて、ちまちましたケチ臭いことはいわなかった。伸び盛りの新興企業のよいところだろう。そのかわり業績不振なら、バッサリやられる。

サラリーマンは会社人生のある時期、そういう緊張感をもったほうがよい。そのほうが大きく伸びる。

社長は百貨店、スーパー、広告会社のトップを兼任していたが、その忙しいさ中に、わざわざ時間をさいて、三カ月に一度は大阪へ応援にかけつけてくれた。そのたび社内が活気づいた。今から思うと、スタッフ出身で営業経験未熟な私のやり方に、どこか危なっかしいものがあったのかもしれない。それともこの奇妙な男に肩入れしてやろうという好意か……たぶん両方だろう。

いつも秘書をつれず、ふらっと一人でやってきた。かえってその存在が大きく見えた。これぞ商人の気概《きがい》だと、あるオーナー社長が感嘆していた。

あれはたしか、会社をやめてから三年後のことだと思う。グリーン車で、ある名門百貨店の社長を見かけた。なんと秘書もふくめて取巻きを八人連れて乗っている。しかも全員がグリーン車。これじゃまるで大名行列じゃないか、百貨店の黄金時代などもう過ぎている。この百貨店はいずれ迷走するだろうという私の予想は当たった。

話をもとにもどす。マージャン、カラオケ嫌いのわがまま支社長を、「やっかいな男だナ。お前も」と叱《しか》ったが、社長の目は笑っていた。それではと、祇園《ぎおん》へ連れていってお茶屋の遊び方、接待の仕方を教えてくれた。

そのことは今でも感謝している。九鬼周造《くきしゅうぞう》の『「いき」の構造』の世界が、はじめてわかった。日本の遊びの文化の奥行きは深い。遊びは精神のおしゃれである。私は接待文化にわりあい寛容《かんよう》だが、官僚や銀行のエリートが、ノーパンしゃぶしゃぶのようなものにおぼれるのは感心しない。エリートにはエリートにふさわしい遊びのマナーがあるはず。

社長は短気で、まるで走りながら考えるような人だった。ポンポンと次から次へ、命令が出る。ついていくのが大変。社の運転手が前の車を追い抜くと、手を叩《たた》いてよろこぶような子どもっぽいところもあった。優秀な経営者に短気な人が多いことを、あとで知った。

猛烈社長だったが、仕事はきちんと成果で判別する。ただの会社人間がよくやる忙しごっこなどやらない。夏休みはきちんととった。山中湖の別荘に一週間こもり、好きな絵を描《か》き、ワグナーの音楽を楽しんだ。畑仕事のまね事のようなこともやっていた。

一度何かの相談に社長の別荘へ行ったことがある。社長は相談事にのってくれない。それどころか「おい、草むしりを手伝え」。何て冷たい人かと思ったが、途中でハッと気付いた。判断にまよったとき心が疲れたときは、自分からムリに動かないこと。いずれ時の流れが解決する。自然体でいるのが、一番いいのだということを、社長が背中で教えてくれていることに。

◎サラリーマンにはサラリーマンのよろこびがある

亡き社長の思い出を書くときりがないのでこのへんでおしまいにしておくが、ともあれその社長がかわって私の運命も一変した。

トップが交替するとかならず浮く人、沈む人が出る。これは日本企業もアメリカ企業も同じ。社内で高い声をあげていた私などは沈む人の典型。名古屋へ飛ばされた。左遷《させん》、単身赴任、おまけになじみのない名古屋商法に大いに苦しんだが、幸い業績は右肩上がり。孤独にちょっとばかり強くなり、ハートのスタミナも鍛えられた。心も打たれること、傷つくことによって強くなることを、はじめて知った。

役員待遇になり、敗者復活がまさにかなうところで、会社を辞めた。その理由は割愛《かつあい》する。

ついでながら読者から、これほどサラリーマン出世の手練《てれん》手管《てくだ》を知っている江坂さんが、どうして途中でひっくり返ったのですか、という質問を受ける。それは性格の問題とこたえるほかない。小林秀雄はいう。人は自分の性格に合った事件にしか出会わないと。

あっさり辞めたつもりだが、一年間は会社への未練が断ち切れず、やるせない気持ちが残った。一種のアイデンティティの喪失。これからオレは一人だ！あの司馬遼太郎さんだって、会社を辞めたときは同じ気分にかられたという。

自分自身の経験からいえるのは、サラリーマンは五十代になれば、少しずつ心情的に会社離れしていくトレーニングをやったほうがよいということだ。会社という他人様《ひとさま》から与えられた生き甲斐は、いずれ会社に返さねばならないときがくる。リストラでそれが早まった人も多いだろう。

四月――苦楽を共にした大阪、名古屋の仲間たちと湖国《ここく》で、ゴルフをした。

「相変わらずゴルフがヘタ」「スポンサーの前でもカラオケうたわない変な支社長」「映画、『仁義なき戦い』を五回見た妙なオッサン」「考えよ、考えよ、考え……いうことは、ただそれだけ」「今も昔も変わらぬものは……大ボラ吹き」

久々に大笑いしたが、だれも、私が社長の遺骨を胸の中に抱いていることは知るまい。散会したとき、

行く春を近江《おうみ》の人と惜しみける

芭蕉《ばしょう》の句が、思わず口に出てきた。

だれが言ったか忘れたが、サラリーマンにはサラリーマンのよろこびがある。よき上司につかえるよろこび、自分もまたよき上司になれる希望、組織を使ってより大きな仕事をする楽しさなど。中高年にきびしいアゲンストの風が吹いていることはたしかだが、ことさらサラリーマンであることを卑下《ひげ》することはあるまい。

2　超二流のすすめ

年をとると、昔のことをよく思い出す。

小学校時代は野球少年だった。日暮れまで野球に夢中になり、家の手伝いも勉強もしなかった。宿題を忘れて、先生に叱られたことが何度もある。

五年生のとき、野球部のレギュラーになった。

一番レフト、小柄だが足が速かった。左ききで、ショートリリーフの投手もやった。一流の野球選手を夢見た。むろん体格的にプロ野球の選手などムリなことはわかっていたが、せめて甲子園ぐらいは出てみたい。

親父に頭を下げて、野球の名門、平安中・高等学校へ行かせてもらった。「お前の好きなようにしろ」。親父はどなった。

ところが平安中学に入っておどろいた。京都中、いや近畿一円から野球自慢の少年たちがわんさと集まっていた。自分のレベルじゃいくら頑張っても、正選手どころか補欠にもなれないことがすぐわかった。

京の片田舎の少年が世間というものを知ったのはこれがはじめて。すぐギブアップして一週間で退部届を出したが、親父に正直にそのことをいったのは半年たってから。

中学三年のとき、平安と高松一高の対抗試合を見た。高松一高の丸顔で大柄な、四番打者の豪打ぶりには仰天した。バシッ！　打球が信じられないほど速い。飛距離もケタはずれで、はるか遠くの校舎の窓ガラスを割った。あれがいま評判の中西太《なかにしふとし》という選手だよと、先輩が教えてくれた。私は今でも中西太のほうが、われらが大スター長嶋茂雄より打者としての力量は上だったと思っている。

ともあれこれが最初の挫折《ざせつ》、あるいは乱高下《らんこうげ》の人生のはじまりか。

高校は公立校へ行った。小学校の時の野球部のエースで、高卒ながら大変な努力家で、損保会社の専務にまでなった友人のKも一緒。高校時代に印象に残っているのは赤旗をふったこと、デモ行進をしたこと、そしてフォークダンスに夢中になったこと。

ときには、Kをさそって、平安の野球部の練習を見に行った。天才の卵たちが汗びっしょりになって、懸命に練習にはげむ姿に感動した。なあ、オレたちもあいつらに負けずに別の世界で頑張ろうよ――Kもうなずいた。

◎挫折の連続から道が見出される

東京の大学へ行きたかった。下宿生活というものを経験してみたい。親父に相談すると馬鹿者！と今度は本気で怒られた。家が貧しかっただけではない。父は京を中心に地球がまわっているように思っている古風で律儀な京都人だった。しぶしぶながら京大文学部へ行った。

大学で東洋史の宮崎市定《みやざきいちさだ》、中国文学の吉川幸次郎の講義をまぎれこんで聴き、その著作を読んだとき、いきなり頭をポカンと打たれた気がした。本物の学者の凄味《すごみ》を知らされた。生涯かけても自分にはこんなゴツい論文は書けそうもない。学者になるのはもうやめよう——一回生の、ちょうど桜が散った頃である。

それじゃ小説を、と思ったとき大江健三郎の登場。大江の『死者の奢《おご》り』を読んで、どうやら自分にはイマジネーションが根底から欠けていることがわかった。文学評論は当時、江藤淳が売り出し中。

オレには学問もない、文学もない——酔っぱらってお巡りさんに説教され、家に帰ってふて寝しているうちに、何だか気分が軽くなった。もう大きな夢を見るのはやめよう。何事も根気がなく、すぐバンザイしたがるのが、自分の悪い癖である。

何かの縁で知り合った貧乏な大学院生が、石原、開高、大江が何だ、今にぼくも小説家になってやるとうそぶいていた。内心、ホンマカイナと思った。この風狂の大先輩の名は高橋和巳《たかはしかつみ》。後年、高橋は学者としても小説家としても一流になった。かれが生きていたら、いまの日本の世相をどう見ただろう。ときどき考えることがある。

広告代理店に入った。まだこりずに、今度はコピーライターのスターになってやろうと夢想した。たった一行で何十万、いや何百万円。夢がふくらんだある日、新聞で衝撃的なコピーを見た。

「男は黙ってサッポロビール」

結局私は、コピーライターへの道をあきらめ、エグゼクティブコースを選んだ。遅刻王を返上して、猛烈社員に化けた。三島由紀夫の自刃《じじん》のニュースを聞いたとき、とおい他人事《ひとごと》のように思った。花をめでる感傷性も捨てた。おかげで出世街道を飛ぶがごとく走ったが、これもあえなく途中で討死――。

会社をやめて物書きとして独立したが、さて何を商売のネタにしようかと思った。デビュー作『冬の火花』がよく売れて、オール讀物《よみもの》の田所編集長（当時）から小説を書きませんか、とすすめられた。小説家志望なら、天にものぼる気持ちだろうが、私はそこまでお調子者じゃない。小説の才がないのはわかっている。ごかんべんをと、便所に逃げこんだ。

評論家の道を選んだ。政治評論家、経済評論家、それに株式、財界評論家など多彩な評論家がいたが、ふしぎなことに経営評論家の席だけはポカンと空いている。しめた！　それを自分が埋めてやろうと思った。いまでいうスキ間市場を攻略したようなものである。

たしかにエコノミストや経済評論家に比べてワンランク下だが、いずれ日本も経済が成熟し、グローバル化をむかえ、企業競争がきびしくなる。経営学が脚光《きゃっこう》をあび、経営評論家の値打ちも多少は上がるだろう、という確信めいたものがあった。

話が横道にそれる。

興銀マンは常に天下国家のことを考え、論じていたという。興銀マンが本気で天下国家のことを考えていたとしたら、日本興業銀行の歴史的使命など八〇年代後半で終わったことに気付いたはずと、イヤ味をいったことがある。以降興銀のやっていることはチグハグである。

◎人生にムダはない

話をもどして、独立してから二十年余が過ぎた。大失敗した夢を見て、夜中にガバッと起きたことがある。自分一人の失敗ならまだいい。妻子までまきこむのはと考えると、脂汗《あぶらあせ》が出た。

中年の自由は不安と背中合わせ。低空飛行で、情緒不安定の時期が、三年くらい続いた。六十まで働き、あとは年金生活でいいやと思っていたが、幸いいまも細々と働いている。強運だったと思う。

ときどき、中年のサラリーマンから、声をかけられる。

「会社をやめてよかったでしょう」

正直にいってこればかりは、こたえるのがむずかしい。サラリーマンの可能性を途中で捨てたのだから、比較のしようがない。私は住友理事で歌人だった川田順《かわだじゅん》のような器量人じゃない。

男の生き甲斐とか、生きざまをことさら強調するセリフは、あまり好きじゃない。窮屈《きゅうくつ》でかえって身動きがとれない。人それぞれの生き方がある、それくらいで十分じゃないか。

いまになって思うのは、人生に曲り道や、ムダなどないということである。

そう思いたい人がいるだけである。

高校時代、赤旗をふったおかげで、マル経、近経を勉強した。イデオロギーの幻惑から逃れられた。歴史、文学、心理学という無用の学が、経営評論に大いに役立った。経営者に必要な人心の掌握《しょうあく》。こればかりは、ビジネススクールでも教えてくれない。いかにデジタル技術が発達しても、人間の幸福や人生観というものはアナログである。

私は栄光の西鉄ライオンズをつくった名将三原《みはら》脩《おさむ》が、いまでも好きである。その三原脩が大洋ホエールズ（現在の横浜ベイスターズ）を優勝させたとき、最高殊勲選手にスター性のない地味な近藤昭仁《こんどうあきひと》という選手がえらばれた。三原はかれを評して「超」二流選手とよんだ。この言葉が気に入っている。

評論家になって私がめざしたのは、この超二流である。もとよりその才がないのを百も承知でいうが、テレビに出てペラペラしゃべって有名人になるより、ながく信頼されることを選んだ。わからないことは人前でしゃべらないことである。すぐ馬脚《ばきゃく》をあらわす。

政治の話はしない。景気予想もさけた。株には関心がない。講演料は、かならずしも安くないが、昔もいまも料金をかえていない。また講演回数は、年四十回ぐらいときめている。

根が臆病者だから、評論家の中でも、絶対にトップを走らない。マラソンでいえば、先頭集団のまん中あたりにいて、風圧をいつも避けていた。秘書をもつことをすすめられたが、お前はいったい何様だという声が心のどこかから聞こえてきた。

◎一流を基準にせず、二流に甘んじず

ともあれ自分の長所を伸ばすことを考え、短所には目をつぶることにした。絵画《かいが》はわかるがクラシック音楽は全くダメ。あの司馬遼太郎でさえそうだったと知って安心した。

いや正直にいえば、一度だけ有名人になりかけて舞い上がった。日本中を走りまくって過労でダウン。病床《びょうしょう》で人生とは何ぞやと、ラチもないことを考えて

いるうちに何だかむなしくなって軽いうつ病になった。かろうじて講演ができたからメシが食べられたが、かんじんの文章が書けない。書く気になれない。一年休筆すると筆力がにぶるという。向田邦子《むこうだくにこ》の軽いエッセイを写しながら筆力の回復につとめた。そして所詮《しょせん》オレは超二流、もう忙しごっこはやめようと思った。腕時計を捨てた。

私がそうだったからいうわけじゃないが、年輩のサラリーマンも、超二流をめざしてほしい。いまから一流をめざせといわれても、もうしんどい。それによほどの実力がないかぎり寿命もみじかい。

人はだれしも長所や取柄がある。一流を基準にするから、かえって自分の長所が見えない。といっても最初から自分は二流でいいのだとあきらめてしまえば、いつの間にか三流になってしまう。たしかに出るクイは打たれるが、はじめから目標を下げて出ようとしないクイは腐《くさ》ってしまう。リストラされるか、バーゲンセール。

また超二流はしたたかである。何でも屋になって、上司の機嫌《きげん》を取り、部下の世話をやき、ふと気が付いてみると自分の専門性（プロフェッショナル）が何か、いったい自分が会社で何をやりたかったのかを忘れてしまうような間抜けなことはしない。超二流をすすめるゆえんである。

3 「長嶋茂雄」を卒業しよう

「団塊の世代って、どうして長嶋さんごっこが、あんなに好きなんですか?」

若い社員から、そういう質問をよく受ける。じつは私もそれが気になっている。

長嶋がスーパースターなら、海を渡ったサッカーの中田や野茂英雄、イチローは、国際的スターじゃないか。だいたいが長嶋茂雄が大活躍したのは、もう三十年以上も前の話。すでに二十一世紀にもなっているのに、いい歳をした大人が、居酒屋で長嶋は天才だ、いやアホだと、血相変えてわめいている光景は、何やらもの悲しい。

「君たちは長嶋を見たか」と団塊の上司がよくいばるが、まだ小学校低学年だったボクたちが、そんなもん知るわけないじゃないか。

長嶋茂雄がジャンパーを脱ぎ捨て、昔なつかしい背番号3のユニホームを着てベンチを飛び出したとき、「あ！　長嶋ついに脱いだ！　見せた！」と号泣《ごうきゅう》した中年のアナウンサーがいたが、商売柄とはいえ、いかにもしんどそう。ほとんど狂《きょう》に近い長嶋ファンの団塊の上司を笑って、「馬鹿者！」とどなられ、僻《へき》地《ち》に飛ばされた社員が、大企業にいたそうだ。ことわっておくが、この会社は読売新聞や日テレじゃない。

平成十二年に、長嶋巨人軍が四年ぶりに優勝したとき、ある著名な証券アナリストが「これで世の中明るくなる。大企業の管理職も中小企業のオーナーも長嶋さんが大好き、気分よく消費に、設備投資に、大ハッスルする。むろん株も上昇気流に乗る」とのたまったが、結果は大はずれ。私？　ある新聞社からコメントを求められて、「テレビ局と広告会社が大喜びするだけ。百貨店のバーゲンセール……もう年中やっているじゃないか」とこたえたとたん、ガチャンと電話を切られてしまった。

ことわっておくが、私はべつに長嶋嫌いじゃない。テレビでON《オー・エヌ》のビッグ対談の司会をやった学友の、スポーツ雑誌『ナンバー』の初代編集長岡崎満義から、長嶋の華麗なエピソードを数々聞かされた。カン高い声、全力投球型でまるで蒸気機関車のように力強い長嶋が活躍した時代は、ほんとに日本の青春期だったと思う。それだけに、老いて疲れた老英雄の姿など見たくないのである。二十世紀最後のところで、いさぎよく引退してほしかった。「二十一世紀はあとの世代にまかせて」なんて、しびれるセリフを残して。

野茂にはじまりイチロー、松井、井口、城島など逸材がどんどんメジャーに流れるのは、名球会のドンが金田正一、球界の英雄は長嶋茂雄という定番コース、変わらぬ序列主義の日本の野球界にイヤ気がさしたとカンぐれないこともない。昔の球界OBたちがドカンと上の方にいっぱい座っているかぎり、次世代を背負う逸材だって、ホンネのところは面白くないだろう。

◎団塊世代のヒーロー

ともあれ団塊の世代の長嶋への異常なこだわりについては、ほぼ見当がつく。

一つは再び戻らぬ高度成長期への未練。団塊の世代は、高度成長の歯車が轟々《ごうごう》となっているときに会社に入った。仕事も遊びも会社の仲間と一緒。互いに肩を叩き励まし合って頑張った。欧米キャッチアップ時代のヒーローが石原裕次郎であり長嶋茂雄。長嶋の光る背中に、未来を見て育った。

つぎに団塊の世代は、集団戦が好きでヨコならびでおまけに国内派が主流。落ちこぼれを嫌うかわりに突出した人材も嫌い。自分たちの世代からヒーローを出したくない。長嶋はいわば彼らの父親像である。

最後に自分たちのヒーロー像を変えてほしくないというのは、組織の中心にいる団塊のオジさんが自分たちの仕事や思考のパラダイムを変えたくない、いままで通りやらせてほしいという集団願望のあらわれであろう。

「巨人軍は永久に不滅であります」

この長嶋の現役引退のセリフにしびれる中高年が多いが、私はこれはちょっと傲慢《ごうまん》すぎる言葉じゃないかと思っている。『平家物語』じゃないが、盛者必衰《じょうしゃひっすい》はこの世のことわり。

「ゆく河の流れは絶えずして、しかも、もとの水にあらず」（『方丈記』）

昨日の名門がいま斜陽《しゃよう》。ドラッカーでさえ、企業の寿命三十年説をとなえた。IT企業など極端な話、企業の寿命はたった十年ぐらい。そして世の浮き沈みに大してびびらないのが、日本人のよさじゃないだろうか。りりしい武士道もいいが、日本人のしぶとさの底には一種の無常観が流れている気がしてならない。

私はいまも二年に一回ぐらい大阪の親しい中小企業の経営者と、阪急梅田のガード下の一杯飲み屋で立ち飲み酒の会のようなものをやっている。こういうところで飲む酒がまだ旨《うま》いナと思っているあいだは大丈夫。カッコ悪いとか、旨くないという気になったときは守りの姿勢になり、評論家として自分の精神寿命がつきるときだと思っている。

この不況下にしぶとく生き残っている中小企業の親父さんも同じことをいっていた。成功したいまでも安酒場でおいしく酒がいただけるからこそ、あえてリスクに挑戦できると。

ことわっておくが、このセレモニーは世間さまにほめられたいからやっているのじゃない。一種の風狂な遊びだと思っている。また遊びだからこそ十年余も続いている。

べつに根拠のある話じゃないが、あるいは名こそ惜しけれの武士道と無常観は、親類のようなものではないかと、ときどき思ったりする。

元長銀総研の理事長でエコノミストの竹内宏さんは、かわいがっていた部下の就職の世話をきちんとして、一人で静かに退社し、個人事務所をひらいた。進退がみごとだった。この人はサムライだと思った。同時にその背中に焼け跡世代の無常観をかすかに感じる。「うしろすがたのしぐれてゆくか」（山頭火《さんとうか》）。

◎第二の人生に必要なもの

わたしは長嶋ファンを小馬鹿にしているのではない。理屈をこねまわすようだが、団塊の世代の、自らの内なる長嶋神話をこわしてほしいといいたいのである。大きなかたまりになって集団でものをいうのはやめようじゃないか。みんながやっているから、自分も同じことをやる——そんな生き方が破綻《はたん》したことを、いさぎよく認めたほうがよい。

また若手から、長嶋より大きな才が育っていることを、正直によろこぶべきじゃないか。元野球少年としてちょっと淋しいが、スポーツの王様は野球と、いったいだれが決めたのか。べつに野球人口が多少減ってもいいじゃないか。そのかわりサッカー人口がふえてくる。

年功制の崩壊《ほうかい》が団塊の世代の溶解《ようかい》だ、ということを見抜いてほしい。

職業柄このことは小声で語らざるをえないが、たぶん日本経済は繁栄《はんえい》のピークをすぎている。バブルという宴《うたげ》はもう終わった。少子高齢化の日本は、あと十年もすれば、一、二の国に追い抜かれていくだろう。もしそうだとしても、いぜん経済大国であることだけは間違いない。

企業もサラリーマンも、勝ち組と負け組にわかれていくだろう。とうぜん格差社会がうまれる。それでも飢《う》え死にしない程度の豊かさは、ありがたいことに、もう日本は十分実現しているのである。

歴史のない人工国家アメリカではお金持ちが成功と名声のシンボルであるが、日本ではお金持ちだけが尊敬されるとは限らない。清潔な官僚も、世渡りはヘタだが誇り高く腕のよい職人も尊敬される。

経済学者は株屋のセールスマンじゃない。いまの若者は利にさといというが、新庄剛志《しんじょうつよし》のように、阪神タイガースが提示した大金と生涯の身分保障を捨て、年俸わずか二千二百万円でメジャーという未知の荒野に挑戦した者もいた。ファンは新庄的生き方に大歓声を上げた。

年収三百万～四百万円でもプロのカメラマンであり続けることにこだわる男もいる。健気《けなげ》じゃないか。お金だけが成功のシンボルじゃない。金銭的な勝ち負けが、人生の勝ち負けと決まったわけじゃない。それがかろうじての日本のよさじゃないだろうか。

もっと多種多様な生き方をしてほしい。五十六歳でセミリタイアした大橋巨泉《おおはしきよせん》の生き方に共鳴する人が意外に多い。参院選挙に出馬、当選したが、それもあっさりやめた。巨泉はいう。第二の人生に必要なものは、健康とよきパートナー、二つの趣味、多少のお金。だれもが巨泉のようになれるわけはないが、ミニ巨泉を夢見ることは可能である。東大のドイツ文学者池内紀《いけうちおさむ》さんは五十五歳で退職し、念願のフリーターになった。

四割を打った打撃王テッド・ウイリアムスは、引退後少年時代あこがれていた釣り道具屋として生涯をすごしている。カッコいいナ。——長嶋さんが重い病に倒れた。団塊の世代の期待の長嶋ごっこに本人が、心理的に疲れたことが大きい。幸い回復に向かっているそうだが、余生もゆっくり楽しんでほしいというのがわれら長嶋と同世代の願い。夫婦で豪華船で世界一巡旅行もいいじゃないか。

◎「ちょいワル」は団塊世代の魅力

私は無趣味人間で、恐妻家だから、仕事をすることで、家内と適度に距離をとっている。

団塊のニューファミリーなど幻想にすぎない。「亭主元気で留守がよい」。中年の男だけの山登りがふえたのは、いいことだ。そういえば愛妻家の御本山《ごほんざん》のようなアメリカでも、男だけの隠れ場があるそうである。

一千万の年収が、かりに七百万になったとしても、あわてふためくこともあるまい。あくまで高給取りを願うのなら、アメリカのエグゼクティブのように二十四時間闘《たたか》う気で猛烈《もうれつ》に働き、背伸びして、必死になるしかない。それより好きな仕事をやるほうがよほど楽しい。

五十代に入ると、サラリーマン出世双六《すごろく》の上がりが見えてくる。ただし、いまは人生二毛作時代。自分が会社の中で負け組なら、あっさりスタンスを変えて二毛作目の準備と助走を早目にやればよい。

近年、知人の二人が中国へ行った。一人はプロ級の品質管理者。ま、ボランティアをやるつもりで中国の工場の品質管理をチェックして歩くそうである。もう一人は、黄河《こうが》文明にならぶ長江《ちょうこう》文明の探検である。向こうに三年ぐらいいる計画。どちらも物好きな面白い生き方だと思う。

ずいぶん団塊の世代をケナしたが、団塊の仲間と組む力、ヨコにネットワークを張る力は貴重な財産である。自己責任の時代だとよくいわれるが、メイク・マネーの教育をアメリカのように小学校のときから受けていないし、またわれら農耕民族は、孤独に弱い。自助努力を柱にして、共助という補助線を引く程度で十分じゃないか。

ベンチャーをやるにしても、趣味の世界に遊ぶにしても、好きな仲間、志を同じくする友が集まって、軽いノリでやったほうがいいだろう。大県人会、大同窓会はいまどきはやらないが、そのかわり小県人会、小同窓会、小勉強会が中年にブーム。それに不良っぽい、ちょいワルでうさんくさいところ。このへんが団塊のバイタリティであり、魅力じゃないか。

懸命に走りつづけてきた団塊の世代にいいたいのはただ一つ。徒党《ととう》を組んで、われわれは！と、全共闘用語で高声を上げるのは、もうやめようじゃないか、ということである。大徒党を組んで正義ごっこや、逆に被害者ごっこをするのは、双方とも感心しない。それをやめたとき、パッと何かがひらめき、しなやかでしぶとい生き方が出来る。

4　バブルがあって、目が覚めた

今は昔、この国にバブルというバカな世があった。面白くもあり哀《かな》しくもあった。帝国末期のローマ人のように、人びとはパンとサーカスを求めて踊り狂った。

土地成金が横行し、その最盛期には東京の土地だけでアメリカ本土が買えるといわれるくらい、震えるほど値段が上がった。ゴルフ会員権というただのプレー優先利用権、それも会社が倒産すればパアーになってしまうただの紙きれが黄金《おうごん》に化けた。超名門ゴルフ場の会員権が何と八億円……海外じゃゴルフ場が買える。

東京郊外の私の住んでいる住宅街ですら、一戸建てが二億を超えた。まともなサラリーマンにはとても買える値段じゃないが、地上げ屋さんに都心の棲家《すみか》を追い出された人たちが買った。若いヨメさんが、ベンツに乗ってわずか数十メートル先のゴミ置き場までゴミを捨てに行く光景をよく見た。地縁、人縁を引き裂かれた老人たちは、不機嫌そうな顔をしていた。

私は毎朝犬を連れて散歩する。小マダムたちが噂《うわさ》していたそうだ。「あの人地上げ屋さん?」「あんな迫力のない地上げ屋さんなどいないわよ」「地主の二、三代目かしら。結構なご身分だこと」「それにしては着ているものが汚いのね。ああわかった……会社をクビになった人」。

ある日NHKの番組に出演した途端、私を見る目が一変した。テレビの効果はやはり凄《すご》い。近年リストラされたサラリーマンが、仕事のアテがないのに、毎日早朝家を出る切ない気持ちがよくわかる。

バブル期に、いまPHP研究所の出版局長をやっている安藤卓さんと一緒に、ニューヨークへ取材旅行に出かけた。ジャパン・マネーが資本主義の御本山ニューヨークでも、あばれまくっていた。

泊まったエセックスホテルも、今は手放したが、日航の手に入った。有名なティファニービルのオーナーも日本人。そして真打ちが三菱地所によるロックフェラーセンタービルの大買収。アメリカのマスコミが米国のシンボルまで買われたと大騒ぎしていた。背中にニューヨークっ子の冷たい視線を感じた。が、現地の不動産のプロは、カラカラ笑っていた。

「高すぎる……あの値段じゃ百年たっても採算がとれない」「いったい日本人は、あのバカでかいビルを、どうやって日本に運んでいくのかね」。やはりその道のプロは、見るべきところはキチンと見ている。素人《しろうと》商売のこわさをはじめて知った。

これなどまだカワイイほう。ある大商社の幹部が、フランスの美しい田園風景を眺《なが》めて「フランス人は商売がヘタだな。オレならここにゴルフ場をつくるよ」とのたまった。このあたり、京の大文字山《だいもんじやま》を削ってゴルフ場をつくれと真顔でさけんだ土建屋さんと、オツムの中身があまりかわらない。

夜の銀座はバブル紳士で大繁盛《はんじよう》。土地成金、株成金がデカッ面をして、威張っていた。ゼネコン、不動産屋、証券マン、銀行員、商社マンなど交際費は青《あお》天井《てんじょう》。銀座のホームレスに痛風、糖尿病患者が急増した。夜の銀座のタクシー運転手も大威張り。五千円ぐらいの距離だと、客のほうが小さくなっていた。クラブのホステスも運転手も、自分の仕事がサービス業だということを、忘れてしまった。何の芸もないクラブのホステスにモテようと、お客のほうが懸命にヨイショしていた。大正時代の成金のマネして、札束を燃やした男がいたという。ホンマかいな？　バブル期は銀座を避け、ホテルのＢＡＲで飲んでいた。

◎バブルをふり返る

六本木に千葉、埼玉の土地成金のドラ息子が大挙して押しよせた。ＢＭＷは六本木のカローラとよばれた。小馬鹿にされるから、イケてる湘南《しょうなん》ナンバーにかえてくれと親父に泣きついたド阿呆がいた。

土地、株の異常バブルが、ただちに大阪に波及した。かつてあれほど用心深く、したたかだった大阪商人が、代がわりして、すっかりヤワになり、虚の経済という大嘘に簡単にだまされた。浮利《ふり》を追わずの、ほこり高い住友マンまで、土地や株ころがしに血相をかえた。

闇の経済が表に出てくる。新幹線のグリーン車の中で、よくヤクザ屋さんの幹部を見かけたが、驚いたことに、漫画やスポーツ紙じゃなく、『日経新聞』、マネー雑誌を熱心に読んでいた。経済がわからないと、ヤクザ商売もつとまりませんのやという顔をしていた。接待ゴルフ帰りで、いい気分でビールを飲み、ワイワイ子どものように騒いでいる大企業のエリート社員に、「やかましい！」と、山口組かどこかのゴツイ男が一喝した。これぞブラック・ユーモア――半分泣きながら笑った。

株屋さんの天下がまだまだ続く。何十年も工場で黙々と働いている父親のボーナスを、証券会社に勤めている娘のボーナスが軽々と超えた。これじゃ父親の権威などかたなし。

くやしいことにわが京都も、バブルにまみれ、やたらにペンシルビルが建った。

久しぶりに高校の同窓会に出席したとき、パーティーが始まる前に、大手証券会社の取締役をやっている男がもち上げられて、「世界経済と日本の株式市場の将来」という大演説をぶった。日本の株式市場は野中の一本杉、もうアメリカに学ぶものはない、技術は世界一、いまどき投機をやらない者は負け組などなど。ノリとハサミの作文である。アホらしくなって、隣に坐《すわ》っているHと一緒に退場した。Hは日本でもトップクラスの科学者である。

「京都ももうアカンな」

「うん」

地方の文化、観光、リゾートまで商売のタネになったといえば聞こえがいいが、これまたバブル。現地を知らない六本木発の軽薄な企画書がバカ高い値段で売れた。そんなものアカンよ、飛騨《ひだ》の高山じゃあるまいし、地方がリゾート、観光だけでメシが喰えるわけがないじゃないかという声は、少数派にとどまった。

空前の好景気にわいて、学生の就職市場もバブル化した。振り返って考えてみると、大学のレジャーランド化はこの時期に急進した。

むろん経済の繁忙期《はんぼうき》にはバブルはつきもの。大唐《だいとう》のぼたん、オランダのチューリップ、英国の南海会社事件……株の天井はほぼバブルと考えてよろしい。けれども無念なことに、日本人はそれを土地本位でやってしまった。土地バブルのこわいところは、投機に参加するものも、したくないものもいやおうなくまきこんでしまうところにある。今の四十代は資産デフレでヘトヘトになっている。

バブル経済は、行きつくところまで行って、失墜《しっつい》した――。

◎ほんとうに困ると、人は知恵深くなる

空白の十年を経て、長期停滞の中から立ち直り、ようやく景気は明るくなってきたが、近頃不況体験もまたよしという気がしている。バブル期に得たものより失ったもののほうが大きい。律儀、正直、マジメ。それもあるだろうが、プロフェッショナルの精神を失ったのが痛い。政治家は公約を守らない。

経営者は収益をつくる仕組みを知らない。儲けて何ぼの大阪商人が、儲け方がヘタクソになった。喜劇である。ユニクロもダイソーも大阪生まれじゃない。前者は山口、後者は広島。

護送船団方式のとき、あれほど優秀だった大蔵官僚が金融自由化でアメリカに完敗、能力の面で腐っていることがバレた。

私は道学者じゃないから、政治家、経営者、官僚など、ちょっとぐらいうさん臭いところがあっても一向にかまわないと思っているが——明治の元勲井上《いのうえ》馨《かおる》は、西郷隆盛に三井の番頭さんとからかわれたように、悪《わる》としても相当な玉である——能力の面で腐ってしまったことが許せないのである。

相次ぐ名門・一流会社の倒産、落日は、トップが判断をまちがえたら、下が如何《いか》に頑張ろうが、大企業、大組織といえども簡単にひっくりかえってしまうことを証明した。

組合幹部はストライキのやり方を忘れてしまった。

学生は愛国心が欠けたから、知力がおちたのじゃない。勉強しなくとも安楽な生活が出来るから、知力がおちた。かのゆとり教育はデモシカ先生たちのサボリの口実。勉強でも仕事でも、最初から八分目の力でやるのを手抜きという。

もしバブルがまだ続いていたら、能力のタガのゆるんだ日本人は、いったいどうなったかと思うとゾッとする。景気浮上の妙な小細工《こざいく》はやらないほうがよい。ものは思いよう。「好況はかえって人を盲目にさせ、不況は人を思案させるようになる」（司馬遼太郎）。

ほんとうに困ったとき、人は知恵深くなる。長びく不況はきびしいが、プロフェッショナルを取り戻す大チャンスでもある。また日本人にはそれをやってのける気質がある。

ありがたいことに、見栄を張らずに生きていける。娘にすすめられて、ユニクロのカジュアルウェアを着てみた。色よし、形よし、品質よし。そして値段が超安。お金儲けの神様邱永漢《きゅうえいかん》も、当代の人気経営コンサルタント大前研一《おおまえけんいち》もユニクロを愛用しているそうだ。

ときどき朝の散歩の帰りに、駅前でスポーツ紙を買って、ドトールの百八十円のコーヒーを飲む。商売上読まざるをえない日経などあとまわし。結構楽しい気分になる。スターバックスはタバコを喫《す》えないから敬遠。サラリーマンの小遣い銭が不足なら、マクドナルドか格安の牛丼でも、腹がいっぱいになるだろう。讃岐《さぬき》うどんも結構いける。

ビル・ゲイツも、タイガー・ウッズも、ハンバーガーを旨そうに食べているじゃないか。

私たちのような高度成長の喰い逃げ世代（と、下の世代からいわれている）がこういうのも何だが、一時の宴のために破綻寸前の赤字をこれ以上ふくらますのはもうやめよう。子や孫にツケを残さない気概を、五十代諸君こそ示してほしい。

昔貧しかったとき、よくこの歌をうたったものだ。

「テントの中でも　月見は出来る　雨が降ったら　濡れればいいさ」（雪山讃歌）と。

5　パソコンなんかダメでいい

「パソコンやインターネットが出来ないと、第二の就職はムリでしょうか？」

この前、真顔で、私のところへ相談にきた後輩がいる。名前は一応Ｓとしておこう。Ｓは定年まであと二年。あなたもいまからパソコンの練習でも始めないと……と勧めている会社の人事部に忠告されたそうである。

アホか！　会社の人事部にも、生《き》マジメすぎるＳにも腹が立った。こんなもの、親切でも何でもない。オレの部屋を見てみろと、恥ずかしくてめったに人に見せない書斎へＳを連れこんだ。パソコンも携帯電話もない。電子メールなど使ったこともない。新聞、雑誌の資料、データは、ちぎって紙袋にほうりこんでいる。

天性のカンと思考の異常な集中力に恵まれたＧＥの元会長のジャック・ウェ

ルチが、「私は電子メールなど使ったことがない。あれはうるさいだけ」とのたまった。すぐウェルチさんに逢って、まったく同感ですナと言ってみたかった。

もう退任したが、IBMを再建したルイス・ガースナーがパソコンの時代は終わったと言ったとき、早く便利で簡単なインターネット専用機を開発してほしいとお願いに行こうかと半分本気で考えた。

私は昔もいまもコクヨの原稿用紙を使い、百円のボールペンでみみずのはうような読みにくい汚い字を書いている。小説家の浅田次郎は、極上の原稿用紙を使い高級万年筆で何度も推敲《すいこう》を重ねた原稿を書くそうだが、あれは将来の文学博物館設立を狙ってやっているそうだとさる情報通が言っていたが、ほんとうかどうか知らない。が、私の原稿がまちがっても博物館入りすることはない。

それはともあれ、おかげで若い編集者にはめっぽう評判が悪いが、ありがたいことにそれでもまだこの商売を細々と続けている。もうこうなったらとことん最後までローテク一本でいってやれと思ったが、ヨメさんに叱られてファックスだけは導入した。六年前である。そのニュースを聞いて、ある雑誌社の私の担当者がワッとよろこび大騒ぎしたそうだ。

もうこれで町田の田舎くんだりまでヘボ原稿をとりに行かなくてすむ……。

こんな便利な機器をどうしていままで使わなかったのかと後悔したが、一方で編集者とじかに顔をつき合わせて、世間話をしたり企画をねったりしてきたから、自分のような無器用人間だって今日までやってこれたのだという想いがある。

物書きとは一種の不安産業。一回五十枚の原稿が書けたときは、オレはもしかしたら天才かも知れないと舞い上がるし、逆に一枚も書けない日は、しょんぼり新聞の求人欄をみて溜息《ためいき》をつく。

落ちこんで胃弱になったとき、大丈夫、お前さんはまだまだ現役、先頭集団について走ってますよ、とヨイショしてくれるのが、よき編集者じゃないか。電話で原稿依頼を受け、メールで原稿を送る、相手の顔も見たことがない。それでも用はたせるが、どうせ長続きしない。非効率の効率というものが世にある。

◎美文はパソコンが書くわけじゃない

インターネットの発達で、ＳＯＨＯ（スモールオフィス、ホームオフィス）がふえた。外に出なくても、仕事が出来るようになったが、逆説的な言い方をするようだが、そういう人こそ逆に訪れる友人を持ち、自分も外へ出て積極的に人に会ったほうがよい。ストレス解消も出来るし、アイデアもわく。

有名な高層ビルの仕事を最後に日建設計を定年退社した友人の小坂希八郎は、一級建築士の免許をもっているが、ほんとうに得意とするのはオフィスのインテリアデザイン。その特技を活かして、インターネットで台湾で商売している。向こうへ行くのは、二カ月に一度ぐらい。

ほんとうにインターネットは便利な道具だと感嘆していたが、カン違いしてもらっては困る。彼はインターネットが使えるから商売が出来るのではない。インテリアデザインという独自の売りもの、技芸とその実績経験があるから台湾でも商《あきな》いに通用するのである。

五十代にもなれば、自分が何が得意で何が得意じゃないかぐらいはすぐわかるはず。不得意な分野に目をつぶって、得意なもの、好きな仕事を大いに伸ばしたほうがよい。その道のプロになれとは言わない。せめてセミプロぐらいになってほしい。

実力主義の世の中とは、パソコンを使い、英語をペラペラしゃべり、議論で相手を言い負かす――そんなチャチなものじゃあるまい。一口で言えば能力の多様性。営業マンにとっては、正直も信頼も強力な武器。情報と書いて、情けに報いると読む。かならずしもギブ・アンド・テイクばかりじゃない。「情報」という言葉を発明した明治人森鷗外《もりおうがい》は、ほんとうにえらかった。

ネットを使えば、たしかに株の手数料はちょっとばかり安くなる。が、ネットで株の大儲けが出来るかどうかはべつ問題。株屋さんの嘘を見抜いた相場師が勝つ。ネットバブルをあおって、さっさと食い逃げした男は、ほんとうの利口者である。あるいは、ワルか。

むろんズボラで無器用な私だって、パソコンを使えば泉のようにアイデアがわき、ヘミングウエイのような男っぽい色気がある文章が書けるのなら、学んでるぞと勇ましくと、パソコン教室へかようだろうし、若先生に土下座しても教えをこいたいが、そういう奇蹟はいまのところ起こりそうもない。

◎人生観や幸福のあり方はアナログだ

インターネットで入る情報は、ただの情報の断片である。情報に付加価値をつけるのが知恵というもの。情報を分析、解釈し、そして事を英断するのが器量人である。

情報は大量に集めりゃ処理能力が上がるというものじゃない。実松《さねまつ》譲《ゆずる》という昭和海軍の名参謀は、アメリカの新聞を読むだけで、米軍の進攻先をピタリ当てたという。これを情報頭脳という。

コンピュータの天才マクナマラは、電子頭脳でベトナム戦争に負けた。マクナマラは敗因について、「結局のところベトナム軍は、われわれの望む戦争をさせてくれなかった」と語っている。これを非対称戦争という。

英語とITだけで日本がアメリカと勝負すれば、向こうに負けるのは当たり前。どちらもアメリカン・スタンダードという無理難題だから。またそれがビジネスマンの生き残りの条件なら、五十代は若い世代に一生引け目を感じるようになってしまう。

これじゃ切なすぎるが、安心してほしい。世の中は、○×式の受験秀才や、技術の専門バカが考えるほど単純じゃない。小理屈をならべるようだが、かりにパソコンで大問題の正しいこたえが出るとしよう。そうするとどの企業も、パソコンを自由自在に使える社員もみな同じ行動をとる。その結果かんじんの競争力がゼロに近づいていくだろう。競争とは「差異」だから。

ともあれ、いまの五十代をふくめて、われわれの世代は家電や自動車に夢を託した世代であり、いまの二十代、三十代はコンピュータに夢中になっている世代である。パソコン・インターネットのテクニックという土俵でたたかえばどちらが勝つかはもうはっきりしているが、幸いなことに人の人生観や幸福のあり方はアナログである。

ｉモードの生みの親、松永真理さんが書いた『ｉモード事件』(角川書店)を読んで感銘を受けた。松永真理さんは、自分は全身アナログ人間だからコンテンツ(中身)は遊び心を主軸にして、面白いか、面白くないか、楽しいか、楽しくないかを基準に決め、そのスキルは若い連中にまかせたという。大衆がホンネのところで何を望んでいるか——そのウオンツをとらえる感性の知力が、このすぐれた中年(?)女性プロデューサーの強みだろう。

◎基本は、読むこと・書くこと・話すこと

オジさんにだって、いくらでも活躍の場がある。ハイテクはダメでもローテクがある。ハイタッチもある。事実アメリカで成功している新興企業の七割はローテクだという。

「嫌味じゃなく、正気で人事部の人があなたにそんな忠告をしていたとしたら、その会社に明日はない。ほろびるネ」

と私はSに言った。

――ともあれ中高年にまでパソコン、インターネットが普及するのは悪いことじゃない。たぶん雑用がへる。ネットの友人もふえる。上にも下にも同じ情報が入る。情報独占だけで上司もお役人も、部下や市民に威張ることが出来なくなる。トップが阿呆なら、世間にすぐバレる。老人には頭のボケ防止にもなるだろう。それに何より、IT革命の進展はもうだれにもくいとめられない。

それを承知の上で言うのだが、この国が連日気が狂ったかのようにIT立国、ITが日本経済の救世主になる、パソコン・インターネットを使えないと、低所得者になる（デジタル・デバイド）というホラ話をマスコミあげて大合唱していたのが気に入らないのである。Sのような生マジメな中年まで、真っ青になっていた。

デジタル・デバイドなど起こるわけないじゃないか。アメリカという人工国家は、もともと特殊な国。貧富《ひんぷ》の差は、昔からはげしい。見上げるような高い頭脳労働も、見下ろすような安い労働力もドンドン入ってくる。アメリカがいま抱えている最も深刻な問題は、小学五年程度の英語が話せないのじゃなく、読めない悲しい人びとがいっぱいいること。フロリダの大統領選挙の大混乱でそれがバレた。

一方で、これはアメリカのダイナミックなところだろうが、米国では優秀な学生も落ちこぼれも、ハイリスク・ハイリターンのベンチャーという荒野をめざす。そして一攫千金《いっかくせんきん》を夢みる。ウォール街にはプロテスタントの倫理もマフィアの貪欲《どんよく》さもある。企業エリートには、ストックオプションという特典がつく。

どう転んでも、そんな国に日本が馬鹿正直にアメリカン・スタンダードでいどんで勝てるわけがない。成功した知恵深いあるアメリカの経営者が言っていた。読むこと、書くこと、話すことの訓練を生涯続けていたら落ちこぼれることは絶対ない、と。それをやっているかどうかで、月給の差をつけるのを、デジタル・デバイドとは言わない。公平な人事と言う。

最近五十代のパソコン利用者はふえたが、本を読むビジネスマンが急激にへっているという。そのほうがよほど心配。

くり返す。デジタル・デバイドなど起こらない。利用するのが難しいパソコンは、パソコンのほうがおかしいのだとドンとかまえていてほしい。いまはそれでもいいが十年先は？　そんな遠い先のことなど、ワシャ知らん！

6　生きがいよりも生き方だ

景気は少しばかり良くなったというものの、昔なら考えられなかった気が滅入るような暗いニュースが多い。少子高齢化で、国も地方自治体も大赤字。いったい年金も医療対策もどうなる？

坂の上の雲をめざして、あれほど明るく陽気に走ったサラリーマンが、中年になり、うつむき加減で歩いている。うつ病、自殺者がふえた。どこか殺伐《さつばつ》とした世の中。幸い女のほうは元気で、高声でさえずっているが、それだけじゃ世の中味気ない。

と思っていたところに、一陣の涼風《すずかぜ》が吹いた。三年連続ノーベル賞、2002年はついにW受賞。たぐいまれなる快挙である。それからちょっととだえているのが残念だが……。日本人も捨てたものじゃない。もっと日本人の独創的能力と技術の高いレベルに自信をもっていいのではないか。

ニュートリノ天文学という新たな学問分野でノーベル賞受賞者となった小柴《こしば》昌俊《まさとし》東大名誉教授は、東大卒業時の成績が最悪で、優がたった二つだったという。独創性と学校の成績が関係ないことがこれで万人にわかった。

官僚や銀行マンのように組織の中で身の栄達《えいたつ》をはかるためには、優の数が多ければ多いほどよいが、学者はむしろ卒業後が勝負。かならず答がある問題をスラスラ解いても独創家になれない。

一流の学者は、未知の困難な問題に挑戦する一種の奇妙人である。考えて考えて考えつくす。実験、実験、また実験。小柴さんは東大教授として、かなり変人だと言われた。奇妙人を教授にしたところに、東大の名誉がある。

従来、理工学部のノーベル賞は、自由と独創をうたう京大の独擅場と言われてきた。湯川、朝永、福井、利根川、野依《のより》。これから東大卒のノーベル賞受賞者がふえるだろう。その気配がする。またそうあってほしいもの。

もう東大は官僚養成校じゃないのだから。省益と保身だけの官僚と、マネーゲームに走る企業エリートを、これ以上輩出《はいしゅつ》されてはたまらん。小利口者の養成大学なら、われわれは高い税金をつぎ込む必要はない。

◎素顔のきれいなノーベル賞受賞者

W受賞のもう一人の方、島津製作所の四十三歳（当時）の技術者、田中耕一さんには、なかなか好感がもてた。マスコミのインタビューに作業服で登場、身分は主任、博士号なし。現場の研究に打ち込みたいため、課長昇進試験をことわったという。年収はたぶん八百万～九百万ぐらいか。愛車はカローラ。富山県生まれで東北大電気工学科卒業。一年留年もほほえましい。私も五年かかって大学を卒業。これ関係ないか。

質朴《しつぼく》な語り口、テレ笑いがきれい。テレビで見たが溜息が出るほどいい顔をしている。出しゃばらないが主張はまげない。給料よりも好きな仕事が大事。田中さんは、ノーベル賞を受賞して初上京したとき、はじめてのぞみのグリーンに乗ったという。たぶんこの人は、傲慢になって舞い上がることなど、断じてしない人だと思った。

昔は田中さんのような、素顔のきれいな男がいっぱいいた。元広告マンとしてちょっと血が騒いだ。この人を是非とも、頑張れ日本国のＣＭに使ってみたい。セリフはたった一言「やあ！」。

故郷びいきかもしれないが、この人が中央集権的な大企業じゃなく、京都の島津製作所という研究開発型の中堅企業に入ったことも大業をなした一因だと思う。

京都には世界のオンリーワン、ナンバーワンを狙うユニークな企業が多い。明治以来の島津はもとより、京セラ、オムロン、ローム、村田機械、村田製作所、日本電産、堀場製作所、任天堂、ワコール等々。

京都企業の面白いところは、トップが和《わ》して同《どう》ぜずの精神風土をもっていること。京セラの稲盛さんは稲盛教の布教師、任天堂の山内さんはマリナーズの実質的なオーナー。自分が入院した京大病院の汚さにおどろき、私財七十億をポンと寄付した。ロームの佐藤さんは音楽家のパトロン、堀場さんはベンチャー企業の応援団長。経営者のヨコならびを、知恵なしとカラカラ笑う気概がある。

◎コーヒー一杯の幸福

唐突《とうとつ》ながら京都に行ってみたくなった。

ちょうどその折、中学以来の友人で元島津製作所の社員のSから、威勢のよい電話がかかった。「どうや、京都へ行かへんか」。

秀才のSは生涯京に住みたいから、島津製作所に入った。それが三十代から東京にまわされ、不本意な営業をやらされた。やや屈折したものがあり、会社に対して、ある距離をおき、愛社心はうすい。むしろ定年後のほうがイキイキと人生を楽しんでいる。千葉県市川の住民だが、町の世話方を引き受けている。

そのかれが田中さんの受賞に感動した。

「ああいいよ。ついでにKも連れていこうや」。くすっと笑った。早速《さっそく》横浜のKに電話。KもOKと即答。二泊三日の旅とあいなった。

集合場所は京・三条下るコーヒーのイノダ本店。時間は午後一時。われらボケ老人三人組は今でも仲よしだが、行動はめいめい自由にすることにした。互いに思い出がちがうし、見たい所、会いたい人も異なる。それでよい。

イノダはコーヒーのことをコーヒと、昔も今も頑固《がんこ》に言う。ミルクと砂糖入りのコーヒーを出す。旨い。店内もひろびろ、ゆっくり時間が流れる。一番最初に着いた。

大学時代のゼミの先生で、大のコーヒー好きの人がいた。イノダのコーヒーを飲みに日に、二、三度かようという伝説がある。たまに外で授業をやろう、頭の回転がよくなるとか口実をつけて、イノダゼミというものをときどきやってくれた。「ただしワリカン、みなわかってるナ、ワリカン」。

先生は映画の話、絵の話、最近読んだ面白い小説の話をよくしてくれたが、かんじんの授業は一切なし。ぼんやり聞いていたが、あとでそういう無駄話をしながら、将来モノになりそうな学者の卵を選別していたことがよくわかった。こわくもやさしくもある先生だった。ワリカン、ワリカンと大騒ぎしながら、翻訳で印税が入ったからと、かならずコーヒー代もおごってくれた。

ちょっと想いにふけっているうちに、S、Kがやってきた。私とちがってSは酒を飲まない。まだ日本中が貧しかったとき、一杯のコーヒーで幸福な気分になったとS。ロシア旅行をしてきたKから、ピョートル大帝やドストエフスキーが今にも出てきそうな古い都サンクトペテルブルクの美しさを聞く。ただし経済はメチャクチャ。しばらく雑談して互いに出発進行——。

◎人生を健気に生きる人は美しい

サラリーマン時代住んでいた桂《かつら》の借家を見に行く。あまり変わっていない。それから長岡の光明寺《こうみようじ》へ行った。はじめてみたときの光明寺の紅葉《もみじ》の感動が忘れられない。青森、弘前城の紅葉と双璧《そうへき》か。今はまだ紅葉のシーズンじゃないが、目をつぶると紅葉のイメージが、はっきりよみがえる。

嵐山《あらしやま》に出て夕闇せまる天龍寺《てんりゆうじ》、大覚寺《だいかくじ》をまわる。もう門はしまっている。それでも満足。僧ハ叩ク月下ノ門。そんな漢詩が向田邦子さんのエッセイにあったナ。南禅寺《なんぜんじ》の見えるホテルに泊まる。ホテルのバーでちょっと寝酒を飲み、ゆっくり朝寝した。

南禅寺から真如堂《しんにょどう》、疏水《そすい》辺を歩き、法然院《ほうねんいん》、銀閣寺へ。このとき何十年ぶりかで、母校を眺《なが》めてみたくなった。

大学時代は、ほとんど授業に出なかった。いつも図書館にいた。雑学、乱読。読書に疲れると百万遍の京大北門前の喫茶店進々堂へ行った。昭和五年誕生。けやきの重厚なテーブルと椅子。相席だが、そのかわり長居は自由。有名教授も学生もよくきていた。その慣習は今も続いている。面白くもありがたくもある。

コーヒーを三杯飲んだ。七十近い男にはいろいろ想念がわいてくる。

就職して方向転換、経済、経営学を勉強し、やがてフリーターになって何とかここまでやってきたが、ボロが出ないうちに表舞台から退場したいもの。パソコン使わず、携帯持たず、英語しゃべらず、得意は関西弁――ホラ話だけで二十年。一幕の長い狂言もそろそろ終わりに近づいた。あとは文学部時代の初心に戻って、西行《さいぎょう》さんなど書いてみたい。あくまで余力があれば、だが。

そしてこの年になって、ようやくわかってきた。人生に生きがいなどない。みなそれぞれの生き方があるだけ。

そのことをある新聞社の生きがい討論会でしゃべったとき、意外に多くの人が賛同してくれた。若い人が拍手してくれた。国のため、会社・家族のため懸命に働けば生きがいがあるというのは、所詮貧しい時代の話である。定年後「だれのおかげでメシが食べられた」と大威張りすれば、ヨメさんに張り倒される。それだけで、離婚材料になる……。

いまは人それぞれがどんな生き方を選ぶかである。それぞれの生き方があり、人と家族の数だけの人生がある。結果はどうあれ、懸命に人生を生きた人は美しい。

雨にも負け、風にも負けながら、それでも健気に生きる人は、けっして弱者じゃない、しぶとい人である。

◎ときには青春の出発点に帰ってみよう

私大の経済学部の教授をやっている学生時代の友人をよび出して、河原町《かわらまち》四条のたん熊で夕食をとった。この男には、生涯頭が上がらない。卒業できないでもたもたしている私をみかねて、かわりに試験を受けてくれた。卒論の清書もやってくれた。

「大恩義を忘れるなよ」と、ドスの効いた声。だから京ではたん熊はんと尊称されている一流の料亭で懸命にもてなしている。「祇園さんで借金完済だな」、さぞかしかれはいい気分だろうと思う。クソと思うが悪い気はしない。持つべきは友——。

金持ちにはなれなかったが、ちょっとした人持ちになれた。それだけでも後半の人生は楽しい。四十代後半から五十代諸君にも、人持ちになることをすすめる。

人持ちのコツは、身分の上下にこだわらない。損得計算で人づき合いしない。

おごらず自己卑下もしない。嫌な奴とはつき合わない。マスコミ有名人は敬遠、この程度で十分である。

旧農林省のキャリアだが、天下りせず京都に帰って町家の再生の旗振りをやっている武骨なNに会った。高校時代の友人。一緒に朝の錦市場《にしきいちば》を歩く。錦市場は巨大スーパーもコンビニもけ飛ばし、まだまだ意気さかんである。京都は新しいもの好きで、しかも古いものを守り続けていく力がある。「町衆がいるからやな」とN。

東京育ちの家内は、京都人はいけずで冷たいと言うが、それはともあれ町衆という言葉は、古雅《こが》でなかなか響きがよい。パリにパリジェンヌがいる。ロンドンにはロンドン紳士が、ニューヨークにはニューヨーカーが、神戸には神戸っ子がいる。大阪の悲痛さは都心にだれも住んでいないこと。人は自分の住んでいないところに愛情はもたない。

四条小橋の昭和モダンの喫茶店フランソワで三人組が合流した。一杯のコーヒーから夢が……。この喫茶店はわれわれにとって青春の出発点だった。そして老年になって青春の出発点にもどってこられたのは、望外のしあわせである。SもKも、小学時代の同期生に会い、互いにあだなでよび合い、校歌をたからかにうたったという。満足したという顔をしていた。

モノより思い出という、車のコマーシャルに好感をもった。ときには旅に出よう。郷土、故郷、古里に帰ろう。

今の東京は刺激的で便利で何でもある。阿波おどりもよさこい節も、リオのカーニバルもある。が、いささか違和感がある。阿波おどりぐらいは阿波徳島で見物してほしい。おどりたい人は地元の人と一緒になって踊ってほしい。地方文化の多様化こそ日本のほこりであり、経済の活性化の源流。それを失ったとき未来という根が腐り、この国は衰退していくであろう。

第二章

成熟の後半生へ、私の方法

7　人生それぞれ、人さまざま

ゴールデンウィークをはさんで、十日ほど家内と二人でフランスへ行った。途中、ボルドー地方へ二泊三日の小旅行をしたが、あとはパリの街を歩いてまわった。

家内は初めてだが、私はパリは三度目。二十数年ぶりのパリ再訪だが、相変わらずもの静かで、かつ活気あふれる街は魅力的。事情が許せば、半年ぐらいは住んでみたいと思わせるものがある。

ニューヨーク、マンハッタンの、サルトルのいう垂直都市も斬新で刺激的で、商売上啓発されるものが多いが、一週間もすると、神へのおそれを知らぬ人間の物欲と傲慢さに神経がくたびれはてて、日本に帰りたくなる。みんな急いで歩いている。メイクマネーという目的にまっすぐに進んでいく。だれにも邪魔されずに思索《しさく》を楽しむことがむずかしい。

パリっ子は他人に大いに関心があるくせに、ないふりをしている。他人に干渉されることも邪魔されることも好まない。ファッション、最新のテクノロジーなど新しいものが好きなくせに、強情っぱりで、古いものをこわすのは文化に対する冒瀆《ぼうとく》だと信じている。哲学者にも放蕩《ほうとう》息子にも、やさしい愛嬌《あいきょう》をふりまく。

ド・ゴール空港で降りて、タクシーで市街に向かう。

あれから二十余年。パリ郊外にスーパーマーケットができた。アメリカ風の大型ホテルもある。日本企業の看板も立った。M&Aという米国流の荒っぽいビジネスも参入。ニューパリが生まれ、高層ビルが建ち、ハイテク工場がふえた。新幹線が走っている。シトロエンがめっぽう減った。

だが、旧パリ市街に入ると、あれもこれもなくなったというものはなく、期待は裏切られない。ブローニュの森の木々が、ようこそパリへとささやくようである。喫茶店の光景がなつかしい。議論をかわす人々、恋人同士の会話、静かに読書にふける人、思索する古老の男……みんなそれはそれでサマになっている。想い出の中のパリが、いまも生きている。もっと早くくるべきだったという、淡い後悔にかられた。

◎お金は貯めるより使うほうがむずかしい

モンテニュー大通りにあるプラザ・アテネに泊まった。このホテルは、私が知っているかぎり、ジョルジュ・サンク、リッツとならぶ最高級のホテルである。品格は高いが、高級ホテルにありがちな慇懃《いんぎん》無礼《ぶれい》がない。リラックスできる。音楽家やファッションデザイナー、映画人など、ちょっとくだけた人種に人気が高いせいかもしれない。

中年を過ぎた夫婦にとって海外旅行の楽しみの一つは、高級ホテルに泊まることである。また自分で稼いだ金なら、その程度の贅沢は許されてもいい。

名著『日はまた沈む』で日本のバブル崩壊を見事にアテたビル・エモットは、「日本人はお金をうまく貯めることより、それをうまく使うほうがむずかしいということを知らない」と言ったが、同感である。「人間はお金を貯めるときよりも、お金を使うときのほうがより人間的になる」(塩野七生《しおのななみ》)。

モンテニュー大通りは高級ショッピングストリートで、見るだけで目がくらくらする。

六十過ぎてから一番変わったのは、身を飾ることに興味を失ってしまったこと。わが大和《やまと》民族とラテン系のちがいかもしれない。

ただし女性は別。わが女房殿はホテルで親しくなった中年のおばちゃんと、喜び勇んで朝からショッピング街へ出陣した。なまけ者の私は午前中はホテルのティールームでゆっくり新聞や持参した本を読んだ。せめて海外旅行中ぐらいは、テレビ、新聞から離れた暮らしをしたいと思ったが、そばに日経があると自然に手がのびる。商売柄とはいえ悲しい性《さが》である。

持参した本は、ホイジンガの『中世の秋』と、スタンダールの『赤と黒』。モンテーニュの『エセー』ももってきたが、これは半分も読まず。パリという街が思索的にできているせいかナ。結局、自分で買ったのはエルメスのネクタイ二本だけ。

◎忙しごっこからの解放

家内はわが亭主の方向音痴《おんち》を知っているだけにこわがったが、見知らぬ街をどんどん勝手に歩いた。京やニューヨークは碁盤《ごばん》の目になっているから迷うことはないが、パリは迷路が多い。だが心配はいらない。いずれセーヌ川に出る。あるいはエッフェル塔をめざす。そこからタクシーを拾ってホテルへ帰ればいい。初めこわがっていた家内も、喜んでついてきた。

商社に勤めている若い知人が、サルトル、ボーヴォワールたちがよく行った喫茶店に案内してくれた。はるか昔、熱烈なサルトルファンをからかって、サルトルの小説『水いらず』を「猫いらず」と言ってなぐられたことがあったナ。

パリの喫茶店に入ってしばらく物思いにふけると、プルーストになったような気分になる。やたらに昔のことを想い出す。若いとき、あまり振り返らなかった過去や想い出は、老人にとって貴重な財産である。

パリはパンがうまい。とりわけクロワッサンが上等。産経新聞の記者たちが書いた力作『毛沢東秘録』を面白く読んだが、その中に戦後初めて渡米した鄧《とう》小平《しょうへい》がパリに立ち寄り、クロワッサンを買って、周恩来《しゅうおんらい》たちのお土産《みやげ》にしたというエピソードがある。周恩来も鄧小平もパリ留学組。心あたたまる話だが、あれはわれわれの国もクロワッサンぐらいは食べられる国にしたいという鄧小平なりの想いを込めた周恩来へのメッセージじゃなかったか。

セーヌ川もそうだが、フランスの平原を流れる川は悠然《ゆうぜん》としている。それに比べると日本の川はまるで滝。そこに目をつけた知者が、日本はすべてを「水に流す文化」だと決めつけたのかもしれない。

ともかく、われわれの歴史は古いが、それにこだわらず生きている。東京は森鷗外が言ったように、いつも「普請中《ふしん》」。とくに戦後は妙にアメリカかぶれし、古い形式や作法にこだわる人を田舎者と呼ぶようになった。逆にフランス人は規則を守りたがらないが、形式（伝統）、文化にこだわる。

滞在中、ある種の解放感をもった。不良老人になった気がした。その理由が簡単にわかった。携帯電話が少ない。だれも忙しごっこなどしていない。人生は長い！　エリートでさえ平然とタバコを吸う。真昼間に平気でワインを飲む。人生は短い！　タイム・イズ・マネー！のアメリカで、そんなことをやれば、たちまち競争社会から滑り落ちる。アメリカは、正義と邪悪、禁酒禁煙、勝ち組と負け組など単純きわまる二分法思想（？）で、年中わめいている。

そのくせ、そのアメリカが世界最大のタバコ生産国にして、武器輸出国。アメリカ病感染者はともかく、われわれの世代は、どうもそういうアメリカと長くつきあうと息苦しくなる。

◎敗者の美学がたたずむ街

案内役をつとめてくれた若い知人の上司が、長年パリに住んでいるめずらしい男を紹介してくれた。日本人としてはホリが深い顔の男だが、全共闘くずれで、過激派入り寸前のところで引き返したという。商才にめぐまれているらしく、ブローカーのような仕事で小金持ちになっている。

彼とモンマルトルの丘へのぼって、ベンチに座った。昔、軽々とかけのぼった坂道を、あえぎながらのぼったと言うと、彼は笑った。

モンマルトル――イグナチウス・ロヨラとフランシスコ・ザビエルがカトリックの改革を誓い合った丘、パリ・コミューンの拠点、ヘミングウエイなどロスト・ジェネレーションが、ピカソはじめエコール・ド・パリ派が明日を語らった丘。青春が始まる、または青春を取りもどす地だと思う。

彼は話した。年に一度は日本に帰る。別に東京ぎらいじゃないが、敗者、不良、無頼《ぶらい》、精神のアウトサイダー、アウトローを平気で受け入れるパリの寛容性が好き。フジモリ氏に宿を貸した曾野綾子さんは相当な女傑だと思うが、ぼくは重信房子に宿を貸した医者に大いに興味がある。たぶんあの中年の医者は、いずれ重信房子が捕まるだろうし、そうなれば自分も逮捕されることがわかっていたと思う。赤軍派再生など夢のまた夢ぐらいは、とうの昔に見抜いていたはず。しかし、それでもあえてした……。

彼は続けた。天才のほまれ高かった東大全共闘の指導者、山本義隆は一予備校の教師として黙して語らずの姿勢をつらぬいている。山本にこそ、われわれの世代は何だったかを語ってほしいが、その一方であれはあれでいいのだ、という気がしないでもない。あなたが書けばと言ったが、強く首を振った。いずれ日本に帰るだろうが、書く気はない……。

パリは敗者の美学の持ち主にやさしい。少なくとも人の群れの中にかくれて、静かな余生を送れる。おそらく芸術の街が生んだ知恵のようなものだろう。芸術の世界はある意味で残酷である。モンパルナスで極貧生活に耐えたわれらがレオナール・フジタは大成功し、モジリアーニは死ぬまで画商に認められなかった。ゴッホが弟にあてた手紙が胸をしめつける。そのことをパリ市民、あるいはパリという街が知っているからか。

一観光客にこんな話をしたことなどない。あなたがタテ社会を斜めに生きている面白い男だからだ、嗅覚でそれがわかったと彼は言った。ホンマかいな？

昔部下だった、一橋卒のこわすぎるほどマーケティングの優秀な男のことを想い浮かべた。ギャンブル狂いでサラ金地獄にはまり退社し、その後職を転々として牢屋にまで入り、出所してから小説家としてあざやかにデビューした。その男の名を白川道《しらかわとおる》という。『天国への階段』の著者。時が過ぎ、彼と別れたが、もう会うこともあるまい。それでよいではないか。セ・ラ・ヴィー、メ・ラ・ヴィー。つまり、これが世の中、人生というものさ。

オルセー美術館へ、何度も足を運んだ。昔のオルセー駅を利用した建物。ルーブルより気に入った美術館である。私のお目当ての作品はゴッホやルノワール。何度見てもアキない。七十近い日本婦人がミレーの「晩鐘《ばんしょう》」の前で一時間近く、身動きもせず立っていた。「これを見るだけでも、パリへきた甲斐があった」と家内に言ったそうだ。

ところがパリっ子は、ミレーがあまり好きじゃない。あんなに汗を流して懸命に働いて、人生何が面白い？　これがパリっ子の正直な気持ちかと言えば、そうでもない。はなはだ複雑微妙なところだが、だからこそバカンスもない農民に頭が上がらない。農民の要求は多少ムリでもよく聞く。

いまさらフランスかぶれしているわけではない。フランスの栄光の絶頂は、ナポレオン三世の敗退で終わり。大甘に見ても第一次大戦前後か。以降フランスは美しい成熟ないし停滞をしている。そしていまだに元気で威張っている。デモもストもまだある。フランスはしぶといのである。

そのしぶとさとほこりを支えているのが、フランス語と文化、芸術、そして農業国であるまいか。アメリカ人ですら、フランス語と文化には敬意を払う。英語を第二公用語にせよとさけべば、ドツかれる。また農業がしっかりしているかぎり飢えの心配はない。

ノートルダム寺院におまいりして、パリを離れた。

また来たい！　二人ともそう思った。

8　私の趣味さがし

趣味の話をしたい。

大方の中高年の会社人間と同じように、私にはとても人様に自慢出来るような高尚な趣味はない。たとえば音楽。正直に白状するがクラシックが苦手である。オペラもダメ。学生時代何とかしてクラシック音楽を理解してやろうと、当時はやりの名曲喫茶に一週間ばかりかよったが、頭が混乱するだけで、ますますそのよさがわからなくなった。

そのコンプレックスは長く続いたが、あの大教養人、司馬遼太郎さんが、私はモーツァルトもブラームスもわかりません、あまり興味もありませんと、小声で言ってくれたおかげで劣等感が薄れた。五十過ぎて大学の同窓会で、実はオレもクラシックがわからなかったんだという連中が半分近くいて安心した。

みなムリをしていたんだナ。以降のんきにかまえることにした。サントリーホールでマーラーの名曲を聞きながらすやすやねむる。これぞ極楽、極楽。ジャズは多少わかる。が、公用や観光でニューヨークへ行ったとき、世界中のジャズマンが集まってくるビレッジ・バンガードやブルーノートにときどき顔を出す程度である。レコードも持っていない。ジャズは身体《からだ》で感じるもの。黒人のパワーと即興性とあふれる魂《たましい》のさけびに圧倒されてしまう。

ほんとうに好きなのは軍歌、演歌のたぐい。

八五年のプラザ合意のすぐあと、京都の経営者たちとニューヨークに行き、プラザホテルに泊まった。セントラルパークが見えるしゃれたバーで気分よく酒を飲み、深夜部屋に戻って風呂に入った。風呂の中で小声で軍歌〝暁《あかつき》に祈る〟をうたった。

「ああ堂々の輸送船　さらば祖国よ　栄えあれ……」「ここはお国の何百里　離れて遠き満州の　赤い夕陽に照らされて……」「貴様と俺とは同期の桜……」

日本がついに世界の経済大国として認められた！　リベラリストのつもりだ

が、自分の心の奥底にこんな国粋性があったかと思うと、ぼろぼろ涙が出た。いったんうたいだしたら止まらない。こんなにたくさん軍歌を知っていたのかと、驚いた。

◎少年のころ見た田端義夫のオーラ

演歌も好き。本場のシャンソンもどこか演歌に似ている。身体をふるわせながらうたう。そして往年の勢いを失ってしまったことも共通している。

演歌ではバタヤン、田端義夫の大ファンである。NHKに田端義夫が出るときは、いまだに出演前から画面をにらんで、そわそわしている。家内がアキレかえっている。自分でもアホかと思わないでもない。どうしてそんなにバタヤンが好きかと聞かれると返答に困るが、これは一種の原体験のようなものだろう。

あれはたしか小学校五年生のときだったナ。いまはもう閉鎖されたが鐘紡山《かねぼうやま》科《しな》工場の職員、家族慰労会に田端義夫がやってきた。私は悪ガキと一緒に壁を乗りこえ、ひそかに会場にもぐりこんだ。そのとき印象に残ったのが司会者の紹介である。貧しい家に生まれ、小学卒で職場を転々としながらも、自分は歌で世に出るという夢を忘れず刻苦勉励《こっくべんれい》、そしてついにのぞみを果たした人、それがわれらがバタヤン、田端義夫であります……。寒村《かんそん》出身の女工さんたちが総立ちになって拍手していた。志を果たした男のもつ、いまでいうオーラのようなものを、たしかに少年もみた。

この話はちょっと気恥ずかしいので、家内をのぞいてだれにもしていない。おかげで家内も田端ファンになってくれた。本気かどうかしらないが、ありがとうぐらいはいっておきたい。

クラシックもダメなら観劇も苦痛。家内はとついだ娘にさそわれて、つかこうへいの芝居を見にいくが、私は留守番。物書きとしてのつかこうへいは好きである。それでいてかれの芝居を見ないのは、ちょっと薄情じゃないかという気がしないでもないが。

こんな横着者だから、昔から娘との対話に苦労した。「勉強している?」「まあまあ」。「今日は日曜日だね」「そう」。「今夜は冷えるなあ」「はい」。それでおしまい。しかし考えてみたら私も親父とめったにしゃべったことはない。昔の親父は黙っているか、怒鳴るか、なぐるか……親父としんみり人生のことなど話すようになったのは、五十ぐらいになってからである。

◎家族そろってダメトラファン

最近は何かと親父と子どもの対話不足が非難されている。無口、無趣味の父親の旗色が悪いが、これはむしろ逆じゃないかという気がしないでもない。

たしかに昔の日本のお父さんは、男は黙ってサッポロビールじゃないが、妻子に対してしゃべらなさすぎた。いまはそういうわけにはいかないだろうが、どだい土、日とも家族サービスというのは、そもそもムリがある。押しつけがましいサービスは、かえって相手に負担を与える。土曜日は自分の休暇、日曜日は家族サービス、それくらいで十分。

話をもとに戻して、そのかわりに年に一度か二度、家族と小旅行した。父親の自己満足かもしれないが、旅には親子のきずなを深める効用がある。よくしゃべり、よく食べ、よく歩く。

また幸い親子三人とも熱狂的なダメトラファン。今は昔、大阪勤務時代はよく甲子園へ行った。「掛布《かけふ》！　打たんかい」「バース様、ここでホームラン一本お願い」「岡田のド阿呆！　お前ほんとうに早稲田出か」。物凄い男まさりのヤジを平気で飛ばす。勝ったときのよろこびはまた格別。あの「六甲おろし」がうたえる。タイガースが最後（？）に優勝したとき、親子三人朝方まで起きて騒いでいた。

東京に転居してから、なぜだか、三人ともタイガースに対する関心が薄れてしまった。考えてみれば、あの「六甲おろし」が一番似合うのが甲子園。おまけに最近の阪神はダメトラじゃない。強すぎて日々の感動性が薄れてしまった。わが娘はいつの間にか広島ファンに変わったらしい。

が、それはともあれタイガースのおかげで親子三人ガッチリとスクラム組めたのは有難い事だと思っている。

◎夫婦で互いに自慢できるもの

映画は昔からよく見た。アメリカが何だ、コカコーラとマクドナルドの国じゃないかとよく悪口をいうが、映画だけは例外。フランス映画と双璧どころか、圧倒している。

映画は芸術じゃない、娯楽の王者だというのが私の偏見。よく西部劇も見たが、マカロニ・ウエスタンの登場あたりからダメになってしまった。二流の西部劇役者だったレーガンは、心が落ちこんだとき、ジョン・ウェインの映画を見てふるい立ったという。

同じ映画を何回見たかという基準でベスト・ファイブをあげると『第三の男』『荒野の決闘』『カサブランカ』『俺たちに明日はない』、そして最後にわが黒澤明の『七人の侍』かアラン・ドロン主演の『太陽がいっぱい』。オレも無法者の世界が好きだナ。芸術性を加味すれば『市民ケーン』と『戦艦ポチョムキン』が双璧。

映画は楽しい。常に想い出とともにある。ローマに行けば、ヘップバーンの『ローマの休日』のシーンがパッと浮かぶ。ウィーンでは、まっ先に、『第三の男』で有名になった大観覧車に乗った。大東京のつまらなさは、小津安二郎《おづやすじろう》の『東京物語』をこえる映画をまだつくっていないこと。つらいことに眼精疲労にかかって近年映画とのつき合いをやめている。くやしい。

音楽はダメだが、絵画のほうは一応合格点をつけておく。倉敷《くらしき》の大原美術館に何度行ったことやら。海外ではマドリードのプラド美術館がお気に入り。抽象画はよくわからん。ピカソは「青の時代」が大好き。

大和路《やまとじ》もよく歩く。鑑真《がんじん》様がのこのこ東京までくることないじゃないか。唐招提寺《とうしょうだいじ》でおがんでほしい。

古伊万里《こいまり》を三枚持っている。もっと欲しいが、それをすれば身の破綻《はたん》。もっとも絵も陶器も鑑賞するだけ、絵はヘタクソ。陶芸は一緒にならった家内から、全然才なしと断言された。まったく憂鬱《ゆううつ》。以降やってない。

小説は時代小説と推理物が好き。時代小説は司馬さん、藤沢周平さんが相次いで亡くなり、ポカッと穴があいた感じ。推理小説は近ごろ女流作家がめっぽう威勢がよい。髙村薫《たかむらかおる》、宮部みゆきの才には驚くばかり。外国の推理作家ではP・コーンウェルにほれている。

じつをいえばわが女房殿に自慢できるのはこれだけ。だってそうだろう、登場人物がゴチャゴチャややこしい海外の推理物が面白く読めるのは、まだ頭がボケてない証拠じゃないか。

ついでながらわが夫婦論を要約すると、むろん女房に軽蔑される亭主もダメだが、エリート官僚によくあるように、尊敬されすぎる亭主もちょっと気色が悪い。互いに相手に自慢できるものが一つか二つあればそれで十分じゃないか。

◎五十代からは本当にやりたいことを見つけよう

ギャンブルはやらない。ギャンブルを面白がる才能が自分に欠けているといえるが、一方で四十後半役員待遇で会社をやめ、フリーターになるという人生のギャンブルをやったからもう結構コリゴリという気がしないでもない。

あれこれ趣味について書いたが、一番の道楽といえば書斎でゴロ寝。ヒマさえあれば寝ている。忙しすぎるサラリーマンにも、ぜひ書斎をもつことをすすめたい。

書斎を男の城という人もいるが、そんなに気張ることもない。男の隠れ場程度に考えたい。リビングルームという女房、子どもの占領地でゴロ寝するから嫌われる。書斎に隠れてしまえば叱られることもない。ゴロ寝だけでは退屈だから、のこのこ起きて、そのへんにある本を取り出して読むだろう。いまは生涯学習の時代。その程度の気楽なつもりで小さな書斎をつくることをすすめる。

むろん仕事が趣味になるのは、人生最高の贅沢の一つ。東洋史学の第一人者宮崎市定《みやざきいちさだ》は、京都の学問が強かったのは、趣味的にやったからだ、といっている。成功したベンチャー経営者はじつに多彩だが、ただ共通しているのは、その仕事が好きなこと、ほれこんでいることである。

まだそこまでの心境に達していないが、貧乏性で面白味のない私のような男は、適度に仕事をするのが、精神衛生上よろしい。そして第二の人生の仕事は、金銭とか世間体にこだわらず、自分の好きな仕事や少年時代果たせなかった夢にいどむのがよろしいかと思う。

小林秀雄はノミの金玉の研究も、学者一代の仕事だと語っている。元大企業の役員で、いま板前の修業をしている男がいる。アッパレ！　好きな仕事や自分のやりたかったことは何か？　それを見つけるのが五十代の課題であり、その意味では、第二の人生の助走期ともいえるだろう。

9　贅沢と質素のバランス感覚

早いもので、阪神大震災から十一年たった。

六千四百余人が死亡し、二十五万の家屋《かおく》が全半壊した。諸行無常《しょぎょうむじょう》の響きあり。大震災の記憶は、まだ忘れられそうにもない。

用事があって神戸へ行けなかったが、遠くから多くの犠牲者の鎮魂《ちんこん》を祈った。死者のなかには遠い親類もいる。広告代理店時代、私をかわいがってくれた製薬会社の元副社長もいる。いまでも元気な笑顔が目に浮かぶ。

哀切《あいせつ》の想いはそれだけじゃない。

私は神戸という街が好きだった。三十年ほど前の話だが、西宮の夙川《しゅくがわ》というところに住んでいた。遠藤周作や佐藤愛子がミサにかよった夙川教会の近くのマンション。一介の三十代のサラリーマンがとても住めるようなところじゃないが、幸い会社が家賃を負担してくれた。ちょっと歩けば谷崎潤一郎がいた住まいもある。

夙川とその隣の芦屋《あしや》の山の手には、びっくりするほどの大金持ちがいた。そのある一族をモデルに谷崎は『細雪《ささめゆき》』を書いた。これは、日本でたった一冊のブルジョア小説。いやまてよ、野上弥生子《のがみやえこ》の『迷路』も、戦前の数少ないブルジョアをみごとに浮き彫りにしたナ。

べつに金持ちになりたいとは思わなかった――またなれるはずがない――が、人通りのないお屋敷町を歩くのが好きだった。この家が薬の塩野義《シオノギ》さんで、ここが金鳥さん、吉本の御曹司《おんぞうし》の家もあるよ……家内の、アホかと言いたそうな軽蔑顔。でも面白い。ここまで富力の差を見せつけられると、かえって小気味がよい。日本にもブルジョアがいたと、妙なところで感心した。これが夙川時代の収穫である。

それに、にわか成金じゃない上方《かみがた》の金持ちは、意外にくらしが質素。商売もかねておつき合いいただいた、江戸時代から続く大蔵元白鹿の辰馬章夫《たつうまあきお》社長

（現・会長）は、律儀でいばらない、見栄をはらない人。洋服より和服がよく似合う。ゴルフだって、私がそそのかしてやらせた。が、ケチではない。ときどき、パッと大散財する。

◎ちょっとばかりの贅沢

じつは、かれとつき合って困ったことがある。高級料亭へ遊びに行って、「今日はワリカンにしましょう」と言われたとき。「章夫さん、それだけはかんべんしてほしい。こちらはしがないサラリーマン、交際費があってこそ、高級料亭へも出入りができる。是非ここは私に払わせてほしい。会社の交際費でオトせるから……」と、汗を流してお願いしたことがある。「そういうものですか」とうなずいたが、ほんとうに判《わか》ってくれたかどうかは知らない。

夙川から神戸まで阪急電車で二十分。土日の休みには、親子三人でよく神戸へ出掛けた。山の手のフロインド・リーブという有名なパン屋で食パンを買い、西村でとても旨いコーヒーをのんだ。ボーナスをもらったときは、大威張りで元町でショッピングし、みそのか大川でステーキをたべた。

お金のないときは、港でたくさんの外国船を眺めていた。

いまとちがって神戸港が全盛期だった。ダイエーが一番まぶしく輝いていたのは、この時期じゃないだろうか。

ダイエーが年商一兆円を突破したとき、三ノ宮一帯を借り切って、社員が大騒ぎしていた。深更《しんこう》、中内㓛《なかうちいさお》夫婦がクラブで静かにゆっくりしたリズムでダンスをしていた。その光景もいま思い出すとせつない。私はフィリピン戦線の生き残りの戦士中内㓛の退場に、戦後の欠乏と飢えの時代の英雄たちの終えんをみる。

ともあれ神戸っ子は食いしん坊でファッション好き。若者だけじゃない。老人がおしゃれを楽しめる街である、神戸というところは。

夙川で東京転勤まで、五年の春夏秋冬を送った。わが家の貯金はカラッポ。溜息をつきながらも、ちょっとばかり贅沢というものを知った。それでいいじゃないかと考えることにした。

実際、贅沢したことはムダじゃなかった。サラリーマン人生の後半にも、経営評論家として自立してからも、大いに財産になった。贅沢することで本物がわかる。感性がみがかれる。戦争中、贅沢は敵だ！というポスターが町中にはられたが、贅沢は素敵だと落書きしたゴツい知識人がいる。その知識人が『暮しの手帖《てちよう》』の創刊者である。

私は食いしん坊だが、気が短いタイプ。ラーメンは嫌いじゃないが、行列してまでラーメンをたべたいとは思わない。三カ月前に予約しないと入れない高名レストランがあるが、そんなところへ行きたくない。せいぜい一週間前の予約で十分じゃないか。

銀座の値段のバカ高いすし屋で、店主に怒鳴られ店を飛び出したことがある。たかがすし屋の親父に長説教（？）されてよろこんでいるお客の気持ちが知れない。そんなものは贅沢でもなんでもない。店主もお客も甘ったれているだけ。料理の美味とは、おいしさだけじゃない。くつろぎも豊かな気分も大事。素人に恥をかかせないのが玄人《くろうと》というものじゃないか。そういうことを神戸で学んだ。

神戸がもとの陽光をとりもどすには、あとしばらくかかるだろう。しかし神戸人はやってのけるだろう。神戸人は胸を張って、神戸を愛している。パリ、ロンドンと同じように。そこに住んでいたいと思っている。その熱い想いがあるかぎり復活は早い。事実、平成十六年十一月に神戸市の推計人口がはじめて震災前人口を超えたという。

これはニューヨークも同じ。同時テロでやられたニューヨークの立ち直りは早い。たとえ一部の大企業がニューヨークを離れても、ニューヨークっ子は、ニューヨークに住む。そこに愛情をもち、住みたいと思っているから。

その点、今昔《こんじゃく》の感があるが、大阪の地盤沈下には歯止めがかからないかもしれない。大阪のド真中にはだれも住んでない。学生すらいない。人が住んでいないところにサービスもコミュニティも、文化もうまれるわけはない。中心部に人の住んでいない大都市は、いずれ衰退していく運命にある。

だとしても関西は大丈夫。商都大阪のおとろえたところは、京都と神戸がカバーしていくだろうから。

◎人生後半のペースは一歩前進二歩後退でいい

――つい話がわき道にそれた。もとにもどす。

贅沢と質素のほどよき平衡《へいこう》感覚を保てるのが一流のビジネスマンだ、というのが私の偏見である。

会社をやめて評論家稼業をはじめて、一時期ブームにのって、猛烈に忙しい時期があった。連載を何本もかかえ、海外まで講演に行った。睡眠時間を削って仕事をして、過労で倒れ、病院にはこばれた。

ベッドによこになり、病院の白い天井を見上げているうちに、つい人生とは何ぞや、仕事とは何ぞやなどと、ラチもないことを考えた。むなしい！　軽いうつ病にかかった。

身体の疲れはとれたが、心の疲れはとれない。うつ病はこわいですよ。下手《へた》すると死を招くこともある。

すぐ精神科の井上先生に相談した。先生から短い海外の贅沢旅行をすすめられた。どこがいいかな？　どこに泊まろうかな？

そうだ、タイへ行ってみたい。そして念願のオリエンタルホテルに泊まってみたい。家内も娘も同行してくれた。タイの人は親日家が多く、おだやかな仏教徒。心がいやされる。

三島由紀夫が描いた暁《あかつき》の寺へ何度もいった。朝日に輝く暁の寺。夕景に消える暁の寺。晩年の三島はどういう眼で、この寺を眺めたのだろうかとちょっと気になったが、三島は三島、オレはオレ。細長く、しぶとく横着《おうちゃく》に生きのびてやろうと思った。

そのかわり忙しごっこはもうやめ。腕時計も捨てた。手帳の空白をふやした。むろん収入はへる。けれども、身体をこわすようなムリまでして、お金をためてどうする。名声？　自分のような一・五流が、もうこれ以上頑張ってもストレスがたまり、プレッシャーに負けてしまうだけ。自分の人気も所詮バブル。一歩前進二歩後退ぐらいでよい。こうして人生後半の自分のペースをつかんだ。

それから毎年、一度は遊びで海外へ足をのばしている。行くのはたいていアジアとラテン系の国ぐに。リラックスできるし、食事が旨い。それに英語が出来なくとも、小馬鹿にされずにすみそう。ムリをしないのも贅沢である。

コンピュータの第一人者、東大の坂村健教授は、五十過ぎたら日本人は日本文化、英語なんてできなくてよい。「得意なのは関西弁です」で充分だ、と言っている。そうだ、そうだ、まったく同感。ミケランジェロやゴヤ、セザンヌを鑑賞するのに英語などいらない（ここのところはちょっと小声で言うが、あなたの子どもさんには、本人がやる気なら、英語か中国語を学ばせておいたほうがよろしいかと思う。経済のグローバル化はもう避けられないから）。

◎上流でも中流でもなく、「自分流」

海外では必ず一流ホテルに泊まる。バカでかいホテルより、ケバケバしくなく、控え目で、それでいて威厳のあるホテルが好き。印象深いのは、香港のペニンシュラ（改築前）、タイのオリエンタル、マレーシアのシャングリラ、シンガポールのラッフルズ……パリはプラザ・アテネ、ローマはハスラー、マドリードはリッツあたりか。

一日だけは、何の目的もなく、ボケッと過ごす。むろん宿泊代は高いが、そのかわりショッピングの興味はうすれた。それでも贅沢すぎるかもしれないが、ものは考えよう。人間、好きなことをしないで死ぬのはもったいない。

国内旅行は、べつに予定もたてず、ふと思い立ったときに出かける。

とはいえ日頃の生活はいたってシンプル。昔、行革の土光敏夫《どこうとしお》がメザシが大好物だと言って、あれだけの大経営者なのに何と質素な人だろうと世上感心させたが、べつにほめるほどのこともない気がする。年をとってからメザシと味噌汁、納豆だけで、ご飯がおいしく食べられるようになった。土光さんをケナしているのではない。メザシを食べようが、極上のステーキを食べようが、土光という男のえらさに変わりはない――こう言うべきだった。

ブームにかげりが生まれたが、ユニクロがお気に入り。ユニクロの防寒衣を着て、駅前まで足をのばし、スポーツ紙を買って、ドトールで百八十円のコーヒーを飲みながらゆっくり読む。その間タバコ二本喫う。昔ピースのコマーシャルにあった。今日も元気だ、タバコが旨い。帰りに本屋によって面白そうな推理小説を探す。昼食後、本を読みながらスヤスヤ昼寝。それだけでも極楽気分になれるのだから、根が貧乏性に出来ている。

私の知人はゴルフ好きだったが、最近はゴルフより軽い登山を楽しんでいる。理由は簡単、そのほうが安上がりだから。

贅沢もいいが、べつに貧乏生活もこわいと思わない。よく聞かれる。あなたは上流、それとも中流……私はそれに対して「自分流」とこたえることにしている。みんながやるから自分もやる、地位ポスト、金銭で他人様と自分を比較する、五十過ぎてもそういうワンパターンのライフスタイルにまだふりまわされているようじゃ、この先しんどくなる。そう思いませんか?

10　小さな旅、それは心の癒し

ちょっと体調をくずした。

早足で歩くと目がくらくらする。疲れがひどい。糖尿病じゃないかナ。ちょっと心配になって医者に診断してもらうと、不整脈が出ているが、糖尿病の気配なしとのこと。

一安心したが、ただし条件がつけられた。冬と夏のゴルフは避けること、タバコは禁止。ゴルフは熱中するほどじゃないから止めるのは簡単だが、辛いのはタバコ。二日間禁煙しただけでギブアップ。オレは何て意志が弱いのだろうかと自分でもアキれかえったが、一方でいまさら禁煙したところで、どういうことがあるかと開き直った。人間寿命がつきれば死ぬ。

知人でタバコも喫わず酒も飲まず、食事は腹八分目、春夏秋冬の早起きジョギングは欠かさない、という健康マニアがいたが、その彼が死んだのはなんと五十二歳。そこへゆくとうちの親父など八十四歳まで長生きしたが、晩年酒はやめたが、タバコはスパスパ喫っていた。

親父が倒れて病院にかつぎこまれた。心臓が弱っており余命わずか。親父もわかっていたらしい。「何か欲しいものがありますか」「タバコを喫わせてくれ」。タバコに火をつけ親父に渡す。うれしそうに口にくわえていた。すぐあとで病室に入ってきた妹に見破られて散々叱られたが……。

会社員時代私をかわいがってくれた社長が亡くなった。享年九十。大柄で葉巻がよく似合う明治人だった。

長生きした愛煙家をかぞえながら、自分の意志薄弱をタナに上げ、タバコをふかしている。とはいえ医者のオドシがきいたせいか、タバコを喫う回数がへった。一日二箱から一箱へ。小心者でご都合主義者！　そんな声が外から聞こえる気がする。うっとうしくて気勢が上がらない。

◎昔の恋人と訪れた思い出の地へ

気分転換しようと、家内をさそって小旅行することにした。旅はよい。平凡で退屈な日常性からの脱出。枯れた心に栄養を与える。どこへ行こうかな。そうだ、大和《やまと》へ行こう！

早朝、新横浜駅を出発。京都で降りてJRの奈良線に乗りかえる。奈良線のことを大和路線と言うそうである。そのほうがのどかで音の響きがよい。京と奈良の境にある加茂駅で降りてタクシーをつかまえ、運転手さんに岩船寺《がんせんじ》まで案内してもらった。

岩船寺の創建は天平元年（七二九年）。弘法大師《こうぼうだいし》が本堂阿弥陀堂《あみだどう》で修行をしたと言われる。最盛期は十六町の広大な境内《けいだい》に三十九の坊舎があり、その偉容《いよう》をほこった。それが承久《じょうきゅう》の変で大半が焼失し、以降再建されたが、かつての偉容の面影《おもかげ》はまったくない。が、こういう小粒の寺も捨てがたい。ひなびた山奥には、よく似合う。

狭い境内を歩き、身丈は低いが美しい三重塔を見た。紅葉の季節はさぞかし見ごたえがあるだろうと思った。門前で焼いもを買った。旨い! 生しいたけも見るからにおいしそう……土産に買った。

ふつう観光客は浄瑠璃寺《じょうるりじ》を見学して、岩船寺まで歩いてのぼるが、これはちょっとしんどい。そこでタクシーで岩船寺まで行ってもらい、そこから逆に浄瑠璃寺まで下ることにした。

徒歩で三十分ばかり。ひなびた、それも歴史のある田舎道を歩くのは楽しい。この道は学生時代に歩いたときと、まったく変わっていない。石仏も昔のまま。まるで中世か古代人になったような気分を一瞬味わう。

浄瑠璃寺にたどりつく。この寺には甘くも苦い思い出がある。学生時代、堀辰雄ファンの女性——堀辰雄の代表作の一つが『浄瑠璃寺の春』——にほれていたが、何かの都合でわかれた。はっきり言ってふられた。その女性とはじめて遠出したのがここ。そのことを家内に言うと、うそばかりと笑った。家内にも初恋の男がいたはず。互いにそのことを面白おかしく話す齢《よわい》になってしまった。

スケジュールの都合で昼すぎにきたが、この寺の真価は夕暮れどき。池の片端に立ち、本堂の中央に沈む夕陽を見ると、かすかに西方浄土《さいほうじょうど》が見える。だれに強制されるわけでもないが、ごく自然に手を合わせておがみたくなる。そう、それが〝無常〟の風に咲く西方浄土である。

◎定年後、奈良に夢をたくす知人

小一時間ばかりいた。

奮発して奈良市内までタクシーで行った。奈良ホテルにチェックイン。奈良ホテルは奈良公園の一隅《いちぐう》にある極上——単なる金銭的な意味ではない——のホテル。明治の創業であり、旧館は古色蒼然《こしょくそうぜん》としているが、いかにもこのみやびな古都に似つかわしい。

ティールームでコーヒーを飲む。すぐそばまで鹿が寄ってくる。いま古都にいるのだという実感がわいてくる。

夕食を早目にすませて、寒さにふるえながら、東大寺二月堂へ歩いていく。二月堂修二会《しゅにえ》、俗に言うお水取りを見ようというのが今回の小旅行の目的でもある。関西の人は、お水取り（三月一日〜十四日）が終われば春がくると言う。私は京都生まれで京都育ちながら、お水取りという国家安楽の祈念行事なるものを、ただの観光イベントだと軽く考えていた。これまで一度も見たことがない。一代の不覚。

全然ちがった。日本の千余年の伝統の凄味というものを、まざまざと見せつけられた。暗闇の中で巨大な松明《たいまつ》が、石段をかけて登っていき、二月堂の欄干《らんかん》から大小無数の火の粉《こ》を撒《ま》き散らす。それを遠くから見る。読経《どきよう》の声。松明をかつぐ僧が一人、二人、三人……見えたような、見えなかったような。けれどもそのほうが神秘的である。秘すれば花（世阿弥《ぜあみ》）か。

「ああ、ああ、ああ」と家内。「キャ、キャ、キャ」と大阪のネエちゃん。「うおう、うおう、うおう」と私。外人さんも大勢いた。みな寒さを忘れていた。大松明が終わりしばらくして静寂《せいじやく》の中を引き上げた。大仏殿の前で軽く頭を下げた。

平重衡《たいらのしげひら》に焼かれた東大寺を再建したのは重源上人《ちょうげんしょうにん》。重源にたのまれて、晩年の西行は遠い一族奥州藤原氏に砂金寄進を願う長旅に出た。それから歳月が流れ建久《けんきゅう》六年大仏殿の供養《くよう》のとき、後鳥羽《ごとば》天皇の行幸《ぎょうこう》があり、源頼朝《みなもとのよりとも》がわざわざ鎌倉からやってきて参列した。

あいにくこの日は大風雨。参列した公家《くげ》たちは、こりゃ恐ろしい、たまらんとたちまち退散したが、頼朝と護衛の鎌倉武士団は、行列を乱さず、身動《みじろ》ぎもせず、雨に打たれて起立していたという。雨をおそれる軟弱な公家の世から質《しっ》実剛健《じつごうけん》、尚武《しょうぶ》の在郷地主、つまり武士社会への政治権力の転換を象徴する光景である。

とはいえ、私は名こそ惜しけれの武勇の鎌倉武士も好きだが、雨風がきらいな公家文化も捨てがたい。一身に、尚武と軟弱の両方がある。

どうやら今夜はねむれそうもない。ホテルに帰って軽く酒を飲んだ。

朝遅く、奈良公園を散策した。鹿が寄ってくる。人なつこい。古代人にとってペットは犬猫じゃなく、鹿だったのじゃないかと空想する。

奈良にくるちょっと前、定年退職するという有名出版社の編集者に会った。物静かで心が涼しげな人。四十の後半で愛妻を病気で失い以降独身。残された二人の子どもやっと自立したので、あとは余生を楽しむだけ。東京の家はそのままにしておいて、二年ぐらい奈良で下宿暮らしをしようかと計画していると、うれしそうに語った。志賀直哉だなとからかったら、そんな大それたものじゃない。趣味的に生活したいと思っているだけ、と笑った。

あをによし奈良の都は咲く花の
にほふがごとくいま盛りなり（小野老《おののおゆ》）

◎心が尖ったとき、衰えたときに旅に出よう

飛鳥《あすか》地方に向かう。蘇我馬子《そがのうまこ》の墓とも言われる石舞台《いしぶたい》を見た。中二の遠足のとき見たが、大巨石のかたまりにびっくりした。いまはそれほどの驚きはない。

あのときは、自分は小さな子どもだったのだなと妙なところで感心した。

明日香村《あすかむら》――この名前には奥行きがある。高松塚古墳《たかまつづかこふん》を見学。むろん模型である。本物の高松塚へは研究者ですら、めったに入れないそうである。ちょっとした衝撃でも壁画がはく落するから。ただし見学者には模型で十分。西壁に描かれた女子群像を見ると、中国の影響もあるが、この時期わが国最初のファッション文化の花が開いたと楽しい想像にかられる。

だれの墓か？　高句麗《こうくり》からの亡命貴族、天武天皇または天武天皇の皇子などいろいろ推理されているが定説もないそうである。

岡寺、当麻寺《たいまでら》、大三輪神社《おおみわじんじゃ》から橿原《かしはら》へ。このあたりは古代ロマンの宝庫であり、中学時代、坪井清足《つぼいきよたり》という古代にのめりこんだ先生から、日本史を教えられたが、あまり出来のよい生徒じゃなかった。

高校時代の歴史の先生は上田正昭さん。戦国好きの私には、上田先生のえらさがわからなかった。後年、坪井先生は大和考古学のリーダーになり、上田正昭京大名誉教授は日本古代史の第一人者に。私が日本史をならった頃は、このお二人の大先生の雌伏《しふく》期だった。なんともったいないことをしたかと、いまになって後悔している。

中学時代の友人で、夏休みになると坪井先生のあとを犬のように追いかけ、貝塚発掘の手伝いをしていた男が二人いる。一人は大学の工学部の教授になった。「古代史？　大好き。でもそれじゃメシを喰えなかったからな」と苦笑している。昔の夢は忘れたと言いた気である。

もう一人は会社勤めをやめてから、古代という少年時代の夢をおいかけている。近頃は海を渡って、長江文明発掘の旅に同行したいと言い出して、ヨメさんを困らせている。

「どこにそんなお金があるの」

「オレが生涯一課長で会社人生を耐えたのも、この夢を実現させたかったから」

面白い夫婦である。

かの邪馬台国《やまたいこく》畿内《きない》説がある、九州説もある。卑弥呼《ひみこ》などいなかったという、勇ましい国粋学者もいる。いずれにせよ決着がついていないが、学生時代の不勉強をタナに上げて言うわけじゃないが、私など素人には、それでいいと思っている。そのほうが想像力をかきたて、古代ロマンの世界に素直に入っていける。

がともあれ、古代大和が日本人の心のふるさとであることだけは、まちがいあるまい。そして心のふるさとを持つ国民は幸福である。

少し疲れたが、いい気分でホテルにもどった。

久しぶりに唐招提寺、薬師寺をおとずれた。昔薬師寺のえらい坊さんが天動説をとなえていたナ。何事にも熱中する気になれず、中途半端な気持ちでいた頃、ツテがあって一週間ほど唐招提寺にこもったことがある。遠い昔の話である。

京にもどり、木屋町《きやまち》二条の料理店で遅い昼食をとる。「いらっしゃい！」。いなせな若大将もすでに初老の人。白髪がふえたがいぜん声に張りがある。バカ話をして、おいしく京料理をいただいた。河原町を散歩して、夕方のひかりで帰った。

素朴な言い方だが旅はよい。心が尖《とが》ったとき、あるいは逆に衰えたとき、思い切って小さな旅に出よう。心の疲れがとれる。旅はまた、想い出とともにある。歴史とは想い出だとは、やはり小林秀雄の卓見。

11　妻との関係、家庭のこと

ありがたいことに、知人で『ほんとうの時代』のエッセイを熱心に読んでくれる男がいる。電話が掛かってきた。

「お前さんとこは、夫婦仲が良いそうだな」「どうして」「美術館めぐりや旅行も一緒に行っているじゃないか。オレの家などヨメさんが友達グループと年中旅行しているが、亭主はいつも留守番」「それに……この頃は互いに滅多に口をきかない」

グチ半分、からかい半分でいうものだから、実はわが家も似たようなもの、正直な話、夫婦で旅行するなどめずらしいから書く、今日はヨメさんと何もしゃべらなかったナ、と後で気付く日もある、というと、「そうかな?」。何だか拍子抜けがしたらしく、途中で話題をかえ、昔勤めていた会社の後輩たちの噂話をした。

知人がほんとうに納得したかどうかは知らないが、私と家内はごくふつうの夫婦だと思っている。向田邦子流の言い方をすれば、ホームドラマじゃあるまいし、三十年も四十年も連れそってきた夫婦が、あんなにペラペラしゃべるわけはない。新婚から三十代まではともかく、年をとるごとに互いに寡黙《かもく》の人になってしまった。キャッキャ奇声を上げるのは阪神タイガースが勝ったときぐらい。

アメリカ人は年をとっても、年中アイ・ラブ・ユーという。このセリフを死ぬまで言い続けるわけだから、さぞかしつらくもしんどくもあると思う。離婚がふえるわけか。またアメリカの企業エグゼクティブの机の上には、たいてい家族の写真が飾ってある。日本でもそれをマネする人がふえてきたが、そのくせやたら不倫、離婚が多いのは、どういうわけか。よくわからんと、いささか侮蔑的《ぶべってき》に書いているが、むろん夫婦仲の良すぎる人をひやかしているのじゃない。

七十になっても、毎日起こったことを夫婦で語り合う。お風呂も一緒に入り、寝室はダブルベッド……そういう幸福一路、愛情一路の夫婦も知っているが、私のような横着者には息苦しくてめんどう。三十年も四十年も連れそった夫婦だからこそ、互いに少しは距離をおいて好きな事もしたい。

◎老後の夫婦の情愛は一種のゲーム

定年後、ヨメさんにピッタリくっついている亭主を、愛妻家と呼ばない。ぬれ落葉という。ヨメさんの行くところ、どこへでもついていく夫をワシモ族というらしい。むろんそれも程度の問題である。

「デパートへ行かない」「う〜ん」と生返事。「今日は天気がいいから、北鎌倉へでも行かない」「疲れるナ……」。「つまらない人、面白味のない人」と、家内は大変なご立腹。

老後の夫婦の情愛は一種のゲームのようなもの。ぬれ落葉もワシモ族も悪いことじゃない。ただそれを、毎日やるからおかしなことになる。そのことがわかってきた。だから海外旅行など、互いに行きたいところには一緒に行く。フランス、イタリア、近くは香港、タイ。商売柄、よく行くニューヨークは、家内は同行したがらない。世界一周旅行のたぐいは幸い二人とも好きじゃない。寿命はかぎられている。気に入ったなじみの国をより深く知りたい。

苦手の音楽、芝居のたぐいは、たいていとついだ娘と二人でいっているようだ。私は留守番でスヤスヤ昼寝。旨い物が好きだが、自分で料理をつくる趣味はない。毎日三度の食事を用意する家内の大変さがわかっているから、近頃は一週間に一度は外食することにしている。

六十後半になって、身を飾る趣味は薄れたが、家内はまだ元気でファッション好き。家内がデパートで買ってきた舶来の洋服を、ろくに見ないで、まぶしいほどよく似合うとほめたら、バカにしてと叱られた。たとえ相手がばあさんだろうが、嘘も上手に言った方がよろしい。共通の趣味が一つか二つあって、あとは両親の命日をしっかりおぼえていれば、まずまずの家庭だろうと思うことにしている。

「面白きこともなき世に面白く」（一坂太郎氏の本によると〝世を〟とするのは後世の改作らしい）という上の句をつくったとき、高杉晋作《たかすぎしんさく》はもう命がつきようとしていたが、これに「すみなすものは心なり」と下句をつけたのが野村望東尼《のむらもとに》。あなたならどういう句をつけますか。

晩年の親父は、お金、地位、名誉、会社、健康、家庭円満……、いろいろあるが、やはり心だろうナ、平凡だけどといっていた。

◎夫婦の微妙な距離感

夫婦とも阪神タイガースファンである。以前にタイガースが勝った日は、駅前までスポーツ紙を買いに行く、そして経営評論をめしの種にしているくせに、『日経新聞』より先に読むといったが、最近は連勝街道をばく進。新聞を買いに行く幸せの日々が続く。それをまた家内がケシかける。

ところが引き分けをはさんで三連敗。五連敗、十連敗の悪夢を見た。心配になって新幹線にとび乗り、二人で甲子園まで阪神・巨人戦の応援にかけつけた。

娘夫婦も同行。妹夫婦も京都から参加。十対一で快勝。久しぶりにあのなつかしの甲子園で、「六甲おろし」をうたった。

これで一族再会、家庭円満になるのなら、ほんとうに安いもの。トラが吠えたら、日本中が元気になる。べつに高尚な趣味などいらない。この程度でいいのである。互いの共通の趣味は、夫婦ゲンカの仲裁役である。

三十年以上も一緒にいると、互いに嫌なところ、うっとうしいところが見えてくるのは当たり前だ、と考えた方がよい。ときには互いに距離を置くのがいいのじゃないか。よく単身赴任のことが話題になるが、目くじらたてていうほどのこともないと思う。

私もじつは会社時代、単身赴任を経験した。家へ帰るのは月一度ぐらい。そのかわり電話でよくやりとりした。春休み、夏休みには子どもを連れて家内がやってきた。土地の面白いところを案内したり、父親の懸命に働く後ろ姿を見せることになって、親子のきずなが深まったように思う。こちらの方も、家族の有難さというものを改めて知った。

それに単身赴任は、日本の伝統である。江戸時代、参勤交代の武士はみな単身赴任。それほど悪いものじゃない。ただし三年ぐらいが限度だろう。それ以上は身体をこわしたり、夫婦仲が悪くなったり、やっかいな問題が起こりがちだからご用心。

◎自分と家庭の時間の使いわけ

このへんで話の照明を、五十代に当てることにする。

たまに家庭サービスもいいが、ムリして家庭サービスすることもない。ムリして家庭サービスしている夫や父親は、かえって妻や子どもに評判が悪いというデータすらある。恩着せがましいし、それに妻子は妻子で自分のライフスタイルというものがある。ヘタすると、自分が遊んでもらいたいために、サービスの押し売りをやっていると、カンぐられかねない。そういう切ないところに追いこまれた五十代サラリーマンが結構いる。

かりに土日なら、土曜日は自分のため、日曜日は家庭のためと、うまく使いわける方がやさしくかつ力強い夫になり、父親になれるのではあるまいか。「すまんな。ごめんな」ぐらいのことはいって、ゴルフ、マージャンに行けばよい。のんびりとゴロ寝もよし。ゴロ寝がアカンのは、リビングルームというヨメさんや子どもの領地で寝ているから。思い切って小さな書斎をつくりなさい。土曜日ゴルフに行くか、書斎にこもれば、お父さんどうやらリストラまぬがれたらしいネ、と妻子も一安心。好みの一杯飲屋をもつのもよい。そこで知り合ったベンチャー経営者の手伝いをしている人だっている。

パソコン塾へかようのもよい。今更、中高年がパソコンをマスターしたところで、リストラ防衛策にはならないが、少なくともコンプレックスはなくなる。ボケ防止になる。一日中、何もしないでボケッとしているのもよい。これは非効率の効用。孤独に強くなる。定年後、ぬれ落葉、ワシモ族とからかわれないですむ。

よく趣味がないとなげく人がいるが、趣味など他人様から与えられるものじゃない。自分で発見するもの。これやったら楽しいナと思うものがあれば十分である。

よくテレビのコメンテーターがしたり顔で、日本のサラリーマンは会社人間で、地域社会に無関心、ヨメさんの方がはるかに地域にネットワークを持っていると批判するが、当たり前じゃないかといいたい。

会社員は会社で懸命に働いてこそ給料をもらう。五十代ならかなり高給取り。残業も多いし、くたびれているし、地域に縁の薄いのはとうぜんだろう。地域社会にとけこめといわれても、とまどうのはムリはない。

◎男でも泣きたいときは泣けばいい

むろん、これは地域社会への奉仕を否定しているのではない。

精密機器の会社に勤めていた私の中学来の友人は、優秀だが、上司の前で平気で文句をいう書生っぽいところがあり生涯一課長で終わったが、この人など早々と会社人生に見切りをつけて、地域社会にとけこみ、今日はテニス、明日はコーラス、明後日は英会話と、スケジュールいっぱい。定年後の方がイキイキキとその才能を発揮している。

彼の話を聞くと、無趣味でまだ仕事に未練がましくしがみついている自分などガックリくるが、その一方で地域社会などになじむだけが、サラリーマンの極上の余生だとは思わない。昔の学生時代の仲間と山登りする。年一回、中学時代の友達と温泉旅行に行く。それでいいじゃないか。わが街にも、いろいろ趣味の会があるそうだが、気恥ずかしくて顔を出したことがない。

平生はものぐさできわめてちゃらんぽらんである。マスコミに相手にされない、病《やまい》で倒れるかもしれない。そのときどうする。あまり先のことは考えないことにしている。

五年先のことなどだれがわかるものか。予想ははずれるから面白い。映画『カサブランカ』の名ゼリフ。「昨日何をしたの」「そんな昔のことは忘れた」「明日は何をするの」「そんな遠い先のことなどわからない」。

河合隼雄《かわいはやお》さんと対談したとき、「心のなかの勝負は、五十一対四十九のことが多い」ということを、この秀れた精神医学者から教えられた。ネアカとネクラの真ん中からややネアカぐらいが楽しく前向きに生きられる。ほんとうにきわどい差である。

ただ、いまのきびしい時代を生きる五十代諸君にいっておきたいことがある。涙は女の武器――こんな平凡でぬくもりのないセリフは吐かない方がよい。悲しいとき、つらいときは、妻君や信頼できる女の前で、大いに泣くがよい。戦国時代の武士たちも幕末の志士たちも、じつによく泣いたものだ。

もう「男は黙って……」のがまんごっこはやめよう。ムリに男らしくふるまうと、ポキッと神経が折れる。

夫婦仲や友情とは、つまるところ「裏をみせ表をみせて散るもみじ」（良寛《りようかん》）につきる。少なくともわが大和民族においては、そう思いませんか。

ところで、「面白きこともなき世に面白く」。その下の句を自分は何にするか、まだ決めかねている。というより下の句などいらないと思っている。だんだんそういう心境に達してきた。

12 会社仲間と「いい湯だナ！」

九年ほど前から、昔の会社仲間と温泉旅行をしている。

参加者は大阪が一名、名古屋三名、東京組が私を入れて三名の計八人。名古屋の奥村勝さんをのぞいて、いずれもかつて私の同僚や部下だった人。

奥村さんは、広告看板会社をやっていたが、すでに引退して、道楽半分で上和倶楽部というおしゃれなマージャン屋を経営している結構な身分。心さわやかな人で、プレッシャーのきつかった名古屋時代、私の応援団長をかって出てくれた。以来二十年余のつき合いである。

有馬温泉へ二回、そして白浜。東京近郊では箱根の温泉、熱海《あたみ》、南伊豆。伊豆の山奥の大庄屋《しょうや》を改築した温泉宿が、まことに印象深い。ホタルが飛んでいた。中部地方では湯ノ山温泉、西浦温泉。西浦温泉では、たがいに来し方、行く末を真夜中まで語り合い、それからちょっと寝て、海上にのぼる太陽を眺めた。美しいと聞いていたが予想以上。

そして今回は下呂《げろ》温泉に泊まる。ついでに懐かしい飛驒高山《ひだたかやま》を見物しようということになった。名古屋駅に六人集合。あとの二人は仕事が忙しく、直接下呂へ行くという。

特急「ひだ」に乗る。岐阜をすぎると山国に入る。列車は渓谷を縫って快調に走る。

岐阜は美濃《みの》と飛驒の国から成る。平野部を悠然と大河が流れる美濃は、古来、日本有数の穀物倉《こくもつぐら》。信長は美濃攻め七年、その辛抱と苦心のおかげで、天下布武《てんかふぶ》を支える富と兵力をえた。飛驒は山国で貧しい。が、飛驒匠《ひだのたくみ》という素晴らしい出稼ぎ大工の集団と職人美をうんだ。

白川口を過ぎたあたりで、名古屋のY君が突如立ち上がり、「やあ、僕の家が見える」とさけんだ。どうもこのへんが美濃と飛驒の心情的な境らしい。「……だから僕の身体には飛驒の血が六割、美濃の血が四割流れている」。ややこしい。

「ただの田舎者じゃないか」。一時期Y君の下にいた大阪のS君がからかった。
列車はわれわれのにぎやかな笑いを乗せて走る。遠くにアルプス連山が見える。もうすぐ高山――。

◎やわらかな美しい町なみと文化の香りが残る町

高山で降り、歩いて古い町なみに入る。観光用の人力車が目立つぐらいで、何もかも昔と変わっていない。親子ではじめて高山へ行ったのが二十五年以上も前――ほんとうに元気だった。もう中年になっていたが、気分は青春まっ只中。

家内をうしろに乗せて、借りた自転車で町中を走った。中学生の娘も、自転車に乗って、何ともいい笑顔で伴走。骨董品《こっとうひん》店をひやかした。姿のよい古皿を見つけたが、値段を聞いて、ガックリ。将来これが買える身分になりたいものだ、と思った。

高山は聖武《しょうむ》帝《てい》の勅命によりつくられた国分寺があるほどだから、その歴史は相当古いが、古雅ともいうべきやわらかな美しい町なみと文化の香りを後世に残したのは、戦国武将金森長近《かなもりながちか》の治政の功による。

金森長近は柴田勝家《しばたかついえ》旗下の侍大将の一人だが、先の見える人で秀吉側についた。天下は秀吉のものだと、おのれの運を賭けた。そして秀吉の命を受け飛騨を攻め、三木氏を追放し、三万三千石の高山城主となった。関ヶ原合戦では家康側につく。その功で身上を六万余石にふやしている。

ただしこの人物は、ただの世渡り上手じゃない。経営の才があった。山高く谷が深い高山一帯の米の収穫高などかぎられている。金森長近は一流の銀山技師を高禄《こうろく》でむかえ、銀の鉱脈を探索させた。結果は大成功。銀、金、銅の産出が高山繁栄の基盤となった。財力が文化の芽を咲かせる。

長近は計数能力がすぐれていただけではない。桃山期第一級の茶人であり、京文化の理解が深い。このあたり処世の達人で大教養人だった細川幽斎《ほそかわゆうさい》に似ていなくもない。高山にとっての幸運は、長近以来代々名君が続いたことである。

元禄五年金森氏は出羽《でわ》に転封。以降高山は幕府の直轄地《ちょっかつち》、つまり天領となる。

富をうむ貴重な銀山がほしかったためと見られる——というのが、最近歴史にはまっている直井秀吉さんの高山本陣（代官所）前でのありがたい講釈。直井さんは私より一年先輩だったが、まだコミッションセールスマンとして元気に働いている。「陣借り武者だよ」と胸をはる。

日下部《くさかべ》邸をのぞく。正式には日下部民芸館というそうだが、ちょっとそのネーミングが安っぽい。豪壮な大型民家。広い土間と太い大黒柱。威《い》あって猛《たけ》からず。飛騨豪商の気位の高さがうなずける。

昔、日下部哲という高山人の就職を世話したことがあったが、たいへん律儀な人で盆と暮れには、かならず高山の名酒をいただいている。かれは案外豪商日下部の一族かもしれない。そう想像するだけでも楽しいじゃないか。

冬の長い飛騨には春を告げる風物詩として、県立斐太《ひだ》高校の白線流《はくせんなが》しというものがある。高校卒業式で男子生徒の学帽の白線と女子生徒のセーラー服の白いスカーフを結びつけ、川に流す伝統行事。こういう伝統が残っているのは如《い》何《か》にも奥ゆかしい。いずれ年をとったとき鮮烈な想い出として残るだろう。私は……高校の卒業式も、おぼえていない。多分出席しなかったのじゃないかな。

キッチン飛驒で自慢の飛驒ステーキをたべた。故向田邦子おすすめの店で、昔行った。味かわらず値段もリーズナブル。いまでは予約しないと入れないという。

町家が軒をつらね、その軒下を用水が流れる。赤かぶを土産に買ったが、土地の婆さんが「雪がひらひら舞うころいらっしゃい、そのころの高山の見映《みば》えがよろしい」。高山を小京都と呼ぶ人がいるが、高山は高山だという一種気迫がある。

◎何よりのご馳走は昔の知人の噂話

下呂にもどった。

山の中腹の古風な宿に泊まる。湯乃島館。古きよき時代の名古屋の大金持ちが飛驒匠を動員し、贅《ぜい》をつくしてこしらえた木造旅館である。奥行きがひろい。春慶塗《しゅんけいぬ》りが映える。部屋の柱の彫物もみごと。昭和天皇がご夫婦でお泊まりになった。

ここに泊まるのは三度目。一回目は親子で高山に遊んだとき、二度目は、フリーターという未知無明の海へ泳ぎ出し、前途多難、心細く思っていたとき、奥村さんたちから招待を受けた。それからもう二十年たつ。「天地は万物の逆旅」(李白《りはく》)。淡い感傷にふけった。

詩才のあるY君が、さっそく一句ひねり出す。「二十路を去年とばかりに皐月《さつき》かな」。

宿には残りの二人が、すでに到着していた。ちょうどひと風呂あびたところ。これで全員集合である。われわれも露天風呂に入り疲れをいやす。くつろいで食事。時節柄、鮎《あゆ》料理が美味。けれども何よりのご馳走は、昔知っている人の噂話やゴシップのたぐい。男の井戸端会議もまた愉快である。

ほんの少し前、私もよく知っている昭和初めの生まれの役員が、相次いで西方浄土へ旅立った。合掌《がっしょう》。一人は元有島一郎のマネージャー、もう一人は地方まわりの楽団の司会者。そこからはい上がってえらくなった。広告業界にもぐりこんで、やっと生活が落ち着き、家族が安心。しんどくもつらくもあっただろう。過去をあまり語りたがらない猛烈社員。このお二人の懸命の頑張りと馬力が、社を大きく躍進させた。

大功労者だったが、世の変化に、いささかうといところもあった。何かと決断が鈍い。短気で横着者の私は、自分のプランを、明治生まれの論理性の明快な社長によく直訴《じきそ》して、あとで「オレは聞いてない！」とよく怒鳴られたもの。いまとなってはそれも、なつかしい想い出である。

江坂さんは……と何人かがいう。とびぬけた鋭いカンと、世間の常識を知らない、ポカンと抜けた奇妙人。ある大事なお得意先から忘年会をやるので、何か差し入れしてほしい、出来れば軽くて小さくてみんながよろこぶものがほしいと電話がかかってきた。

軽くて小さくてみんながよろこぶもの？　頭を散々ひねってみたがわからん。そばにいたチンピラ営業マンが、阿呆かとケタケタ笑い出した。「お金に決まっているじゃないですか」。

べつに私は清廉《せいれん》紳士じゃない。先輩に交際費のごまかし方、交通費の浮かし方をしっかりならった。ああそれなのにこの不覚。

時は山口組三代目の全盛期。器量人田岡親分の顔が見たくて、山の手の大邸宅のまわりをうろついた。もちろんシィシィと追い出されてしまった。

宝酒造の松竹梅で石原裕次郎のCFをつくったとき、裕次郎と石原軍団にぴったりくっついて、ワイワイ騒いだら「うるさい」。ドスのきいた声で怒鳴られた。その筋の人かと思ったら、石原軍団の小林専務（あざなは小政）だった。まったくもう、うちの支社長は貫禄がなさすぎる……そう嘆いた敏腕の営業マンもすでに五十の後半。今度の旅に参加している。

◎心休まる一期一会のつどい

一升酒を一気に飲んで気むずかしいオーナー社長に気に入られた男、はじめてスポンサーをとって、薬の道修町《どしょうまち》から社までバンザイ、バンザイと叫びながら走って帰ったうぶな営業マン……話はつきない。

昔ゴマスリの名人といわれた男がいた。かりにNとする。ゴマスリ一筋で常務になったが、この人は上にも下にもゴマをする。だからあまり反感を買わなかったが、ただしんどいサラリーマン人生だな、と思った。Nさんいまどうしているると聞いたら、常務を一期でクビになってから、料理人の修業をして、いま有名な別荘地で夫婦で仕出屋をやっているそうである。

ほお、大したものだとは奥村さん。同感。人生の起承転結の結のところで、Nは、はじめて自分の納得できる職を創った。だからこの世は面白い。あるいはむずかしいともいえる。

女で身をくずしたもの、ギャンブルにハマって借金まみれになり、会社から消えた男。病に倒れた不幸な人など例外はあるが、大半が今日まで無事サラリーマン人生を送っているようである。

あの時代はまだ給料が安かったが、夢があった。よく働きよく遊んだ。交際費も青天井。そういう猛烈ではあるが、のどかな時代が終わりましたね、と現役組。希望退職制度、役職定年制、年俸制、交際費はスズメの涙。幸い今のところリストラはないが、給料はもう上がりそうもない……たしかに一つの時代が終わった。そしてみな年をとった。最年少のS君も五十近い。気がつくとみんな酒の量がへっている。けれども今宵《こよい》は、日頃の憂《う》さを忘れて一幕の狂言を楽しもうと直井さんと私。

大げさだがこの一期一会《いちごいちえ》のつどいは心の疲れがとれる。小さな「社縁」もまたよしである。世の識者から見ればダサイ集まりだろうが、世界のＩＢＭでもデュポンでも、互いに好きだったＯＢと現役が小グループでよく集まるそうである。趣味の会も社縁からはじまるケースが多い。ただし威張りたい奴は敬遠。

午前二時をすぎる。お先にと、ふとんにもぐり込んだ。

——朝風呂につかっていたら、ドカドカと入ってきた。「温泉はいいな。極楽極楽」。

私は相槌《あいづち》を打つ。「いい湯だナ……」。

ドリフターズの一員になった気分。

第三章

明日への元気は、歴史がくれる！

13　伊能忠敬にみる「人生二毛作」

今、日本は高齢社会に入り、すでに六十五歳以上が二十%、平均寿命からすると人生八十年、つまり定年後に二十年ほどの時間が残っている時代になった。この「人生八十年時代」は日本人が初めて経験することであり、したがって身近にいいお手本がない。それだけに戸惑ってしまうのはムリのない話だ。私はもうすぐ七十になるが、同世代の知人・友人を見ると、みんなそれぞれに試《し》行錯誤《こうさくご》をしている。

私は「人生八十年時代」を「人生二毛作時代」ととらえている。一毛作目は会社で働く時期で、昔は一毛作目で人生が終わってしまうケースが多かった。しかし、今はみんなに二毛作目のチャンスがある。この二毛作目はやりたいことを思う存分やれる時期であり、一毛作目とは別の人生、まったく新しい人生を送ることができる。これは豊かさが生んだ「生き方革命」だといっていいだろう。

「人生二毛作」という視点で歴史上にお手本を探すと、真っ先に思い浮かんだのがドイツのシュリーマン。彼は商人として大成功するとさっさと引退し、少年時代の夢だったトロヤの遺跡発掘に着手、古代史に新しい光をあてた。

そのシュリーマンに匹敵する人物を日本で探すと、「大日本沿海輿地全図《えんかいよち》」をつくるために日本中を測量して歩いた伊能忠敬《いのうただたか》が浮かび上がってくる。中高年の間で忠敬が静かなブームを呼んでいるが、それは二毛作目を生きるためのモデルとしての面があるだろう。

◎一毛作目の全力投球は二毛作目に生きてくる

伊能忠敬の人生を簡単に記すと、父は上総国《かずさのくに》（千葉県）小堤村《おんずみむら》の名主・神保家《じんぼう》から上総国小関村《こぜき》の小関家に養子に出た人で、忠敬は小関家で生まれている。忠敬が七歳のときに母が亡くなり、父は実家へ帰されるが、忠敬はしばらく小関家にあずけられ、十一歳で神保家に入った。そして、十八歳のときに佐原《さわら》の豪商・伊能家に婿養子として迎えられ、斜陽《しゃよう》の名門だった伊能家の再建に力を尽くすことになる。

それから三十二年間、酒の醸造、米問屋、塩の販売という家業に加えて、計算能力のすぐれた忠敬は味噌・醤油《しょうゆ》の販売や米相場にも手を伸ばし、昼夜をわかたず働き、伊能家の立て直しに成功した。

この間の忠敬は個人的には恵まれず、特に伊能家ではいびられて、本を読ませてもらえなかったり、食事を奉公人たちと一緒にとらされたりしたという逸話が語られている。

しかし、少年時代に過ごした神保家、小関家ともに名家だから勉強する機会があったことは疑いのないところだし、伊能家にあっても忙しい身でありながら一日に二時間の勉強時間をきちんと確保していた。

こういうことから考えると、忠敬が一途に刻苦勉励《こっくべんれい》したというのは戦前の道徳観に合うように大げさに脚色された話だと思われる。伊能忠敬の生涯には、貧しさからくる暗さはない。

さて、伊能忠敬の二毛作目だが、忠敬は五十歳で長男に家を譲り、隠居の身になった。翌年、江戸に出て幕府天文方の高橋至時《たかはしよしとき》に弟子入りして暦学《れきがく》を学び、さらに天文学や測量術なども勉強した。そして、五十六歳のときに日本各地の測量を始め、七十四歳で亡くなるまでの十数年の間に、日本中を測量して歩き、その結果が「大日本沿海輿地全図」に結実する。

晩年になってこれだけの大事業を手掛けた伊能忠敬だが、実は病気がちの身だった。年を取れば体力も気力も衰えるのが普通なのに、そのうえ身体が弱かったとなれば、これは重いハンディ。それでも悲観的な気分につぶされず、途中で投げ出すことなく測量活動を続けた。その「心のエネルギー」はどこから生まれたのだろうか。

私は二つの要素があったと思う。まず第一に、子どもの頃に好きだった理数系の学問を実践する楽しさ、喜びである。

第二は、忠敬の自負心、よくいえば使命感。日本の津々浦々《つつうらうら》を歩き、精密な地図を作製するのは、富、学問、冒険心のある自分しかできないという思いもあっただろう。いってみれば「少年時代の夢を実現すること」と「いい意味での功名心」がバランスよく働き、老いにも病にも屈しない精神的なパワーをもたらしたということだ。

もう一つ、見逃してならないと思うことは、忠敬が一毛作目を真剣に生きていたという点である。悪妻に尻を叩かれて伊能家の再建に励んだというような見方があるけれども、これも先ほど述べた戦前の道徳的な立場からハングリー精神を誇張するためのものだろう。

実際の話、しぶしぶ働いていては、利益計算のきびしい商人の道が歩めるはずがない。まして、いったん傾いた豪商の家を再建するにはぼう大なエネルギーと知恵がいる。それは現在のわれわれが自分の仕事を振り返って考えれば納得できるはずだ。

忠敬はきわめて自負心の強い男である。だから、忠敬が自分の知恵才覚を請《こ》われて養子に入ったことを認識していて、「これは自分の仕事だ」と責務を感じて懸命に働いたのだと思う。

一毛作目に全力投入したことは、忠敬の二毛作目に素敵な贈り物を残した。まず、人の使い方がうまくなったことである。測量は何人もの人間を使って行なうから、オーガナイザーとしての能力がプラスになった。

また、幕府のお墨付きをもらって全国を測量するわけだが、とうぜんのことながら実際に各藩の領内に入って仕事をするときは藩とこまかく交渉せざるをえない。このときに、商人として働いた交渉力がものをいった。つまり、一毛作目で培《つちか》ったチーム運営能力や根まわしが二毛作目で役に立ったのである。

現在、一毛作目の真っ最中にいる人は自分がやるべき仕事を自覚し、そこに全力を尽くすことだ。それが後々になってきっと生きてくる。

◎新しい人生をスタートさせるチャンス

今の中高年世代は経済戦士として一毛作目を否が応でもしゃにむに働いて生きてきた。当時は日本全体が貧しかったから、歴史をやりたいとか文学をやり

たいと思っても、

「文学部では就職できない」

「趣味ではメシが喰えない」

と親にいわれ、自分でもそう思って法学部や経済学部、あるいは理工学部へ進んだ人も少なくないだろう。

幸いなことに、今のわれわれはかつてやりたくてもできなかったことに向かって生きられるようになった。

定年後、一毛作目の延長で再就職するのもいいだろうが、どうせならば伊能忠敬のようにまったく新しい人生をスタートさせ、やりたいことをやっていくほうが楽しいと私は思う。

ちなみに、二毛作目で別の世界に入れば一つの特権が手に入る。それは「義理を欠ける」ということだ。一毛作目は、会社のため、家族のため、いやなことでもやらなければならないが、二毛作目は好きなことに集中できるのだ。こんな素晴らしいチャンスを逃すことはあるまい。

実際、伊能忠敬のような二毛作目を実践する人も出てきている。

これは加藤仁さんから聞いた話だが、ある損害保険会社の社長は六十五歳でお役御免になると、取締役相談役にもならず、一毛作目の生臭い世界ときっぱり縁を切って、故郷の九州に帰った。そして、九州大学東洋史研究室の研究生となり、念願だった中国史の勉強を始めた。これからは一年に一回、宋の時代に絞った論文を書いていくという。忠敬が五十一歳で高橋至時について本格的な勉強をしたのと同じである。

もちろん、誰もが伊能忠敬のように歴史に刻まれるような成果を得られるわけではない。しかし、忠敬のレベルまでは届かないにしても、「ミニ伊能忠敬」となるような生き方を私は勧めたい。それはこの世に自分が生きたという足跡を残す生き方でもある。やりたいことに熱中して、それができるのが二毛作目なのだ。

この世に何か残したいものがある人は、ミニ伊能忠敬になれる。夢持ちは、未来を楽しむ。

そう考えると、年を取ることは決して辛く悲しいことではなくなる。人生二毛作時代の人生の達人として、伊能忠敬的な生き方が大いに注目されるようになったことを見て、わたしは日本という国の将来もまんざら捨てたものではあるまいと思っている。

14　歴史こそ大人の楽しみ

私は歴史が好きだ。
ビスマルクは、凡人は失敗を自らの体験から学ぶが、わが輩《はい》はそれを歴史から学ぶと豪語したが、私はビスマルクのような英雄じゃなく所詮二流人だから、いままでおびただしい失敗をしている。何ごとにも一言多い性癖は、いまだに直らない。角がとれない。

こんなことがあった。タクシーの運転手さん相手に巨人のヘボ野球を散々けなしたら、「お客さん、お金はいいから、もうここで降りてください」と叱られた。運転手さんの顔が真っ青。本気で怒っているこの人に、恐怖を感じた。野球にかぎらず熱狂的ファンを小馬鹿にするとほんとうにこわいということを、つい不覚にも忘れていた。

丸の内のビジネスマン相手に講演したとき、いい気になって、いまでこそ三菱と言えば日本株式会社の看板で天下の名門と言われるが、三菱は土佐の岩崎《いわさき》彌太郎《やたろう》という最底辺の武士が幕末維新の混乱に乗じてつくった政商的ベンチャーが始まり、伝統と格からすれば越後屋からはじまる三井、別子銅山《べっしどうざん》の住友のほうがはるかに上だったと言ったとき、三菱紳士にジロッとにらまれた。

私の真意は、『平家物語』じゃないが、時代の流れの中で浮沈する企業社会において、永遠不滅のものなどない、ベンチャー精神を失った企業は、名門といえどもいずれ波間に沈んでいく、妙な名門意識をもちなさんなということを訴えたかったのだが……。

人間だれしも気にしていることをストレートに言われたくないものである。講演の名手は、まず相手をほめることから話を始めると言うが、私はそれが苦手。生来の横着者で、サービス精神に欠ける。

そんな私のような者が、どうやら今日まで経営評論家という虚業を続けてこられたのも、数多くの歴史書を読み、古戦場への小旅行をよくやって、モノを見る眼が多少とも養われたからだと思っている。

いまたしかにこの国の政治も経済も行き詰まっている。七百兆円をこえる、途方もない赤字をかかえ、強いと言われた日本企業も金融・先端技術でアメリカに大きく引き離されている。おまけに中国が世界の製造大国として突如浮上してきた。農産物だけではなく、タオル、ネクタイ業者まで、族議員にセーフガードを発動するようお願いしていたという。情けない。

米国の古い小説や歴史物を読むと、親子三代繊維一家、鉄鋼一家のブルーカラーのなごやかな話がよく登場する。アメリカの黄金の五〇年代は、過半の企業が長期雇用でおだやかな年功制。それが日本、ドイツという新興勢力の高品質、低コストの攻勢に敗れ、古きよき時代の経営システムが維持できなくなってしまった。

ユーザー・消費者がよろこぶ高品質、低価格の製品を輸出して、どこが悪い、それが自由貿易の原則じゃないかという理論はまさにそのとおりだが、そのあとに吐いたセリフが余計。アメリカの労働者は真面目に働かない！

われわれは新興工業国の攻勢に苦しむ国の痛みを知らなかったようである。同じドラマを、今度は日本と中国が繰り返そうとしている。

中国人労働者の給料は日本の二十分の一ぐらい。それでいて日本人同様手先が器用でハングリー精神があり、学習意欲も旺盛《おうせい》。ユニクロの成功が中国製は粗末で安物というイメージを消した。よほどの高等技術や付加価値をもつ製品でないと、中国とまともに競争できない。何億という労働予備軍をもっている中国の生産力は、日本だけでなく、アジアの脅威になるはず。

いずれ中国は解体し、三国志時代になるという見方もあるが、その分析は甘すぎる。軍閥と蔣介石《しょうかいせき》の国民党、毛沢東《もうたくとう》の紅軍が争った時期が三国志時代だという見解を私はもっている。文化大革命で死に瀕《ひん》した中国を建て直した鄧小平の凄味は、最後まで自分が共産主義者かどうか、その正体を明らかにしなかったところにある。日本で言えばさしずめ大久保利通《おおくぼとしみち》か。

◎「時勢が人材を生む」時代

ちょっと話は古いが二〇〇一年オリンピックに名乗りを上げたわが大阪が、たった六票、最下位で負けた。かなしいやらおかしいやら、国にも都市にも勢いというものがあるらしい。

それからしばらくして、生粋《きっすい》の大阪人を電話で呼び出しからかったら、「かまへん、かまへん。大阪はナ、タイガースが優勝すれば、そんな不景気な話は吹っ飛ぶのや」「本当に二十一世紀中に優勝できるのかい」「野村はんに頼んでダメトラ根性退治《たいじ》、つぎに星野はんが来てバシッとしめて、もう優勝まっしぐら……」。

楽天性としぶとさには感心したが、ともあれ先行する米国と追い上げる中国に挟まれて、日本の混迷と閉塞《へいそく》はいましばらく続く。が、私は将来に対して大して悲観していない。それが日本という国の歴史の面白いところである。

この国のふしぎさは、古い権威や制度が故障して通用しなくなったとき、必ず能力主義、下剋上《げこくじょう》の世になり、再び活力を取り戻すところにある。ダイナミックに変化する。戦国の世がそうであり、維新回天は薩長土肥《さっちょうどひ》の下級武士がやってのけた。中津藩の足軽生まれの福沢諭吉は、幕末、新生明治という二つの時代を生きたよろこびを、一身にして二身、二生を得た如くと語っている。

戦後の経済再建は戦後の廃墟《はいきょ》の中に青空を見た四十代の経営者がやってのけた。頑張ったのは、松下幸之助や本田宗一郎、井深—盛田コンビなど。オーナー経営者だけではない。ゴツいサラリーマン経営者もいた。たとえば鉄の西山《にしやま》彌太郎《やたろう》、広告の吉田秀雄など。

そしていままさに第四の能力主義の開花期である。

だれだ？　日本人には能力主義は向かないと言ったのは。海を渡ったイチローはメジャーのオールスター戦でトップに選ばれた。日本球界の大魔神は野球の御本山でも大魔神がつとまった。ヤンキースの松井も左手首骨折の苦境から脱しようとしている。サッカーの中村俊輔をはじめとする海外組は世界のサッカーの頂点をめざしている。丸山茂樹は、米国本土のゴルフトーナメントで勝利をおさめる快挙を成し遂げた。メジャーに挑戦したパイオニア野茂英雄を身のほど知らずと言ったコメンテーターは、ドン・キホーテこそ一流のアスリートの宿命だということがわかっていない。

野球はＯＮ決戦が華《はな》、ゴルフの王者は国内無敵海外完敗のジャンボ尾崎の時代がもう過ぎてしまった。ほぼ同時代人として、いささか哀惜《あいせき》の想いもあるが、大いに結構なことじゃないか。彼らがわれわれができなかった夢を実現してくれたのだから。

世界を相手に素手で立ち回りができる経営者も登場しつつある。従来になかったタイプ。赤坂の料亭のおかみがなげいていたそうだ。ホンダのトップは、最もトップらしくないと。

しかし日本は外圧がないと変われない？　これも半分ウソ。戦国の世は武士だけが闘ったのではない。農業生産力の向上で自信をつけた農民は、一向宗をかかげて農民王国を夢見た。信長と一向宗の闘いは、武士対農民の最終決戦とも言える。対明《みん》貿易や鉄砲というハイテクで富と情報を一手に握った堺は、信長の登場がもう少しおそかったら、ベネチアのような海上国家をつくるチャンスがあったのである。

光輝いたのは信長、秀吉、家康だけじゃない。北条早雲《ほうじょうそううん》、毛利元就《もうりもとなり》、武田信玄、黒田如水《くろだじょすい》、伊達政宗、みなほれぼれする。「時勢が人材を生む」（勝海舟《かつかいしゅう》）。十万人の倭寇《わこう》がいた。丸山真男が言うように戦国期は第一の開国である。

また江戸後期は商品経済、貨幣経済が発達し、工場制手工業もあった。手形が流行し、堂島《どうじま》にも先物市場《デリバティブ》がうまれた。かりに黒船が来なくとも、日本は独自の産業革命、近代化をやってのけただろうと言う梅棹忠夫《うめさおただお》の見方に賛成する。江戸の知的資産はそれほどに厚かった。

◎歴史散歩で空想にふける

関ケ原の古戦場へはよく行った。

関ケ原は四面を山が囲む狭い盆地。家康の東軍十万、毛利輝元《もうりてるもと》を総大将とする三成の西軍九万。兵力はほぼ互角だが、西軍の主力が山頂、山腹に陣を固めていたから、戦略的には西軍が圧倒的に有利。

だからこの布陣を見て、児玉源太郎《こだまげんたろう》をかわいがったドイツのお雇い高級軍人メッケルが、とっさに西軍の勝ちと判定したのも当然である。

ただし南宮山《なんぐうざん》に布陣した毛利の大軍が吉川広家《きつかわひろいえ》の内通で、一兵も戦闘しない。北政所《きたのまんどころ》にそそのかされた小早川秀秋《こばやかわひであき》が西軍を裏切る――という大混乱が起こらなかったら、である。史実がこの逆であることを、われわれは知っている。

西軍の総大将毛利輝元が、豊臣秀頼《とよとみひでより》を抱いて、関ヶ原へかけつけたら、どうなったか。東軍の先陣、豊臣恩顧《おんこ》の武将たちは、おそらく動けまい。いや輝元が来なくとも、南宮山の毛利勢が一丸となって家康の本陣を突けば、長宗我部《ちようそかべ》も動いただろうし、小早川秀秋も、裏切る機会を失ったに違いない。

幕末の長州藩が、青年高杉晋作を先頭に立て、一藩をつぶすぐらいの覚悟で幕府に決戦をいどんだのは、関ヶ原のとき毛利が一丸となって戦闘していたら家康を倒せた、という痛恨の想いがあったからである。これを歴史の反省と言う。

「この若者に百万の大軍を指揮させたい」とまで秀吉がその器量を買った大谷《おおたに》吉継《よしつぐ》は、越前敦賀《えちぜんつるが》の小大名。三成への友情に殉《じゆん》じたこのさわやかな男が三十万石の身上だったら、前線の総指揮官として見事なリーダーシップを発揮したのにと思う。

負けた西軍のほうに魅力ある武将が多い。大津城を攻めていた豪雄立花宗茂《たちばなむねしげ》、敵中正面突破、堂々たる撤退戦をやってのけた島津義弘《しまづよしひろ》など一代の英雄だろう。一官吏でたった佐和山十九万石の大名石田三成が、幾多の修羅場をくぐり抜けた二百五十万石の太守徳川家康を相手に、ほぼ互角の勝負にもちこんだことは、もっと評価されてよい。司馬遼太郎は、小説『関ヶ原』の最後のところで、三成について、あの男は、成功したのだ、関ヶ原は故太閤《たいこう》殿下への何よりの供《く》養《よう》であり、それが世のけじめというものだと黒田如水に語らせている。男は負けて真価を発揮することもある。

同じことが幕末にも言える。負け戦《いくさ》をやった会津藩と新選組がいなかったら、徳川二百七十年は、いったい何だということに……。

とはいえ家康はえらい。結局のところ家康は長く続いた競争過剰の戦国時代の活力疲れという時代の風潮をみごとにとらえた。過剰競争を止めて、おだやかな平和な世にしてほしいと望んだのは、庶民ばかりではない。武将たちもそう。もう安定と心の安らぎを求める二代目のご時世になり、英雄たちの時代は去った。

既得権を守りたい――その要望に家康は見事にこたえた。第一級の政治家である。以降、競争社会は止まった。

キジも鳴かずば撃たれまい――そのかわり人材は小粒になった。大藩加賀前田の三代目の殿様など、鼻毛を伸ばし、バカなふりをして、江戸城の廊下をゆらりゆらり歩いた。

そして幕末。所領を三分の一に削られた長州藩は、貨幣経済の波に乗り、殖産興業、密貿易もやり、若手人材を大胆に登用、その経済力は加賀百万石を超えていた。島津と合力すれば幕府を倒せる――南宮山のふもとに座り、いろいろラチもないことを空想する。

歴史とは、子どもにムリに教えるものじゃない。大人が楽しみながら学んでいくものである。

15 歴史に学んで、何ができるか

サラリーマン時代から、秋の夜長のひまつぶしに、よく歴史物を読んだ。とりわけ英雄豪傑の登場する物語が好きである。

歴史とは物語であり、文学である。小説をふくめて良質の歴史書は、われわれに勇気を与える。戦後のマルクス主義全盛期の歴史書が平板でつまらない理由は簡単である。歴史のなかから、歴史のドラマの主人公である英雄、天才たちを追放するか、そのアラ探しばかりやっていたからである。そんなもののどこが面白い。

ギリシア神話の面白さは、神々と英雄たちの壮大なたたかいを描いたところにある。司馬遷《しばせん》の『史記』を読めば、この世には震えがくるほどの知恵深い人も、強欲な男もいたのだナ、と感嘆する。われら庶民の体験などタカが知れていることがわかる。だからプロシアの大宰相《さいしょう》ビスマルクは、凡人は失敗を自らの体験から学ぶが、わが輩はそれを歴史から学ぶと豪語した。

フィレンツェの有能な官僚で、政変にまきこまれて放り出されたマキャヴェリは『君主論』を書いたが、これも見方によれば第一級の歴史書である。司馬遼太郎さんの最大の功績は、われわれに歴史の面白さを教えてくれたところにあるのではないだろうか。

「司馬さんは、女性を描くのがヘタ」「ロマンの香り薄く、話がどうも説教っぽい」

ガタガタ文句を言っていた家内が、近年どういうわけか、『坂の上の雲』『翔《と》ぶが如く』『世に棲《す》む日日』を夢中になって読んだ。よく最後まで読み切ったナとひやかすと、「あのね、司馬さんの本を読むと、何だか元気づけられるの」と女房殿。

「それと、この国もまだまだ捨てたものじゃないことがわかる」。これは小生。

伊予松山《いよまつやま》で講演した折、家内が一緒についてきた。松山の城下町の裏通りを歩くと、少年正岡子規《まさおかしき》、秋山真之《あきやまさねゆき》が下駄を鳴らして駆けて行く姿が目に浮かんでくる。

私の祖母は松山の士族生まれ。親も兄弟もみな軍人。ついでに墓まいりをした。

祖母はやさしかったが、武家の血が流れているせいか、気性のはげしいところがあった。まだ子どもの私を真夜中に叩き起こし、肝だめしと称して、一人で墓場へ何かの札を取りに行かせた。

私の生まれた京・山科は、いまでこそにぎやかなベッドタウンだが、当時は片田舎、まわりは田畑だけ。まっ暗闇の中をたった一人で大人の足でも十分はかかる村の共同墓地へ行かされるのだから、たまったものじゃない。心細いやらおそろしいやら。お化けやゆうれいが出る。人魂《ひとだま》が飛ぶ……そう思うと足が容易に前に進まない。つい不覚にも涙が出てくる。それでももう少しの辛抱だと思ってやってのけた。約束の時間どおり無事帰ってきた私を、玄関の前で待っていた祖母の笑顔――無性になつかしい。

阿蘇《あそ》の山里、秋深《ふ》けて……「孝女白菊の歌」をよくうたっていた。この歌は西南戦争への挽歌のようなもの。

祖母の想い出と『坂の上の雲』を重ね合わせて、私は明治の人びとの心が理解できたように思う。

◎Ｙｅｓ／Ｎｏだけが答えじゃない

鹿児島には商用もかねて、何度も行った。常宿にしている城山ホテルから眺める錦江湾《きんこうわん》の夕陽が、美しい。そして、いまなお生きて燃える桜島。

家内が同行したのは一度だけだが、散歩してこれほど楽しいところはない。むろん多少の歴史観と想像力があれば、だが。ごらん、こんな小っぽけな加治屋町から、西郷さん、大久保利通が出て、日露戦争の陸の大山巌《おおやまいわお》、海の東郷平八郎……じつに多彩な人物が輩出《はいしゅつ》した。まったく凄いものだ。

人斬り半次郎、のちの桐野利秋《きりのとしあき》という無学ながら、粋でなま臭さのない薩摩男を池波正太郎さんがこよなく愛していたが、私は村田新八という男に興味をひかれる。開明家で、秀士で、西洋音楽、美術が好きで、洋服が似合う人。西郷さんだけじゃなく、大久保利通でさえ、次代を背負って立つのは村田新八だろうと語っていた。

それほど期待された男が洋行から帰って横浜につくと、栄耀栄華《えいようえいが》の待っている東京に向かわず、さっさと鹿児島に帰って行った。

「なぜ血気にはやる桐野、篠原を、いさめなかったの」

「あなたは西南戦争が失敗に終わることがわかっていたでしょう」

「なぜ西郷さんと一緒に滅びようとしたの。西郷さんって、いったいどんな人?」

村田新八笑ってこたえず。これは城山ホテルに泊まったとき、私の見た夢。

村田新八という男は、じっさい語るのがむずかしい。孤独をこわがらず、自助独立の精神をもち、薩摩の党派性を嫌ったこの大異才は、自分の人生の軌跡を、ふしぎなほどきれいに消している。明治のはじめには、こんなステキな男もいたのである。

勝ち組と負け組、善玉・悪玉、金持ち父さん・貧乏父さん……二者択一法がいま流行しているが、それは人間を矮小化《わいしょうか》するだけ。

大久保利通は鹿児島では相変わらず人気が薄いが、今度地元の青年会議所の連中が、はじめて大久保の銅像をたてた。感謝感激雨あられ。大久保ほどの傑物は、近代の政治家ではまれである。あの原敬《はらたかし》ですら小粒にみえる。大久保はまだ貧しくて小さくて、よろよろしていた新生明治日本を、渾身《こんしん》の力で支えた。

◎地元が輩出した人材のお国自慢をしよう

長州は、西郷、大久保ほどスケールの大きい、魅力ある人物をうんでいない。木戸孝允《きどたかよし》は頭は鋭いが暗くてひがみっぽい。あるいはこうも言えるだろう。まっ先に倒幕の兵をあげた長州藩は惜しい人材を次々に失ってしまった、と。

また私の好きな高杉晋作は二十七歳で病死。もし高杉晋作をモデルに小説を書くとすれば、京洛《きょうらく》にやってきた十四代将軍家茂《いえもち》の行列に向けて、「よう、征夷《せいい》大将軍《たいしょうぐん》！」とやじをとばしたかれの巧《うま》すぎるユーモアと豪胆《ごうたん》さあたりからはじめたいと空想することがある。

伊藤博文、山県有朋《やまがたありとも》がいるじゃないかという声も聞こえるが、さて、どうだろうか。伊藤は金銭にはきれいだが、権力に対する嗅覚が鋭く要領のよすぎるところがある。自分を引き上げてくれた恩人木戸から、大久保へ忠誠心をたくみに移行させている。山県は冷え冷えとした権力亡者で、名誉とお金が大好き。村田新八、陸奥宗光《むつむねみつ》に比べると、やはり見劣りがする。

その伊藤、山県でも、いまの政治家と比べたら人物の大きさがちがう？　とうぜんだろう。伊藤にしろ山県にしろ、あるいは西郷さんに「三井の番頭さん」とからかわれた井上馨《いのうえかおる》にしても、倒幕のあらしの中で、白刃《はくじん》の下をくぐり抜けてきた。知略も胆力もちがう。

それを承知のうえで伊藤、山県をけなすのは、荻生徂徠《おぎゆうそらい》が言うように、いり豆を喰いながら、古今の英雄、豪傑の比較をするのも、またこよなく楽しいから。

むろん幕臣にも人材がいた。小栗上野介《おぐりこうずけのすけ》、大久保一翁《おおくぼいちおう》、御家人出身の勝海舟、川路聖謨《かわじとしあきら》……なかでも勝海舟は、その見識、手腕の老練さ、胆力において飛び抜けている。

勝海舟は桜田門外の変のとき幕府を見限り、新しい日本という国家を考えた。福沢諭吉は有名な『瘠我慢《やせ》の説』で、幕府の中核にいながら、一戦もまじえず、おめおめと明治政府の海軍卿になり枢密顧問官になった勝海舟の変節を攻撃したが、これに対して海舟は、「行蔵《こうぞう》は我に存す、毀誉《きよ》は他人の主張、我に与《あずか》らずと存候」と、みごとなタンカを切った。

頭で考えていた学生時代は、福沢諭吉の説に軍配を上げていたが、社会に出てから勝海舟の凄味がだんだんわかってきた。いいかい、やれ腰抜けだ、意気地なし、大奸物《だいかんぶつ》と言われたこのオレ様が、たった一人で徳川幕府の葬式をやったんだ。その孤独のつらさは、口舌《こうぜつ》の徒《と》にはわかるまい。オレがどんな思いで、親友西郷の西南戦争をみていたか……降参した慶喜《よしのぶ》の命を守り、名誉を回復してやったのもこのオレが突っ張ってきたからじゃないかという勝の強い自負と孤独の闇の深さが、この短すぎるセリフにこめられている。

勝海舟の辞世の言葉が、またいい。「これでオシマイ」。

幕末、維新を通じて、あえて英雄(ヒーロー)のベストファイブをあげると、大久保利通、西郷隆盛、勝海舟、高杉晋作……ここまで順不同ですらすら言えるが、あと一人をだれにするか。村田新八か陸奥宗光にしておくことにする。むろんこれは私の独断と偏見。高知の人なら坂本龍馬、板垣退助、三菱の岩崎彌太郎をそのなかに入れるだろう。越後長岡なら河井継之助《かわいつぎのすけ》、富山なら安田善次郎か。大分の古老が、いまだに中津藩の足軽生まれの福沢諭吉を尊敬している。

それでいいのである。地方はこれからもどんどん人材のお国自慢をしてほしい。いまの東京は、急速に進む一点集中のおかげで、ちょっと傲慢になり、地方の人を田舎者と見下す気配がみられるが、歴史を知り地方を歩くと、東京はその田舎者たちがつくったことに気付く。そのことによって、東京人のおごりが消え、地方の人のコンプレックスが多少ともとければ、こんなにうれしいことはない。

◎第二の『プロジェクトX』は五十代の手で

イチローの話をしたい。

イチローはふしぎな星のもとに生まれている。阪神大震災のとき、イチローの突如の登場が世を明るくした。災害に苦しむ神戸人を元気づけた。いままた、暗いニュースが相次ぐなかで、イチローがメジャーのスーパースターになったことで、われわれは前途に明るさをみる。二十一世紀型のヒーローが、こんなにも早く飛び出してくるとは、思わなかった。

高度成長期の希望の星だった長嶋茂雄の二十一世紀初頭の監督引退に、一つの時代の終わりと始まりを感じ、一抹の哀切があるが、メジャーでスーパースターになるという見果てぬ夢を実現したイチローという新しいタイプのヒーローの誕生を、率直によろこぶべきだろう。

折からまたうれしい便り。白川英樹さんに次いで、野《の》依良治《よりりょうじ》名古屋大教授が、ノーベル賞をもらった。日本のノーベル賞受賞者はこれで十人目。

創造的な仕事を重んじる風土と、能力に応じた待遇ができるシステムさえあれば、日本でもとんでもない天才が生まれる予感がする。頑張った野依さんもえらいが、三十三歳の野依さんを教授としてむかえた名古屋大のふところも大きい。ノーベル賞クラスの業績を上げるのは三十代。

能力のある者を大事に扱う。これを不公平と言わない。公平と言う。維新回天は二十代、三十代がやってのけた。西郷隆盛は、功のある者に禄《ろく》を与え、能力のある者に位を与えよと言っている。年とれば禄も位も独占という、老人支配社会、年功制の欠陥を西郷さんは知りぬいていた。戦後の経済再建は四十代の経営者たちがやってのけた。

仕事柄、時折NHKの『プロジェクトX』を見ていた。新幹線、国産自動車、コンピュータ、半導体への健気な挑戦にはわれわれも頑張ったものだナと涙が出てくるが、一方で興ざめもする。そのあたりの挑戦はいまの韓国・中国がやっていること。日本はもっと創造性と知的水準を上げて、第二のプロジェクトXをつくるべきところにきている。日本人に創造性がないのではない。老人支配と年功制の弊《へい》が創造性の開花をさまたげているだけ。

出るクイは打つムラ社会の風土で育ったわれわれの世代にはそれができなかったが、どうか五十代諸君、あなたの郷里に、あるいは会社にミニイチロー、ミニ野依がたぶんいるだろう。天才、スターの卵たち、風狂人、奇妙人のパトロンになって、彼らを周囲のプレッシャーやシットから守ってやってほしい。画期的なアイデアを出して、感謝状一枚か賞金十万なんて、ケチなことはやめよう。アメリカに比べてちょっと見劣りする製薬会社など、画期的な新薬を発明した人には、二、三億円ぐらいよろこんで差し上げてもいいじゃないか。おかけで中高年もリストラをまぬがれるのだから。

ともあれ、歴史はふかいところで、わが大和民族に未来への自信を与えてくれる。

16 「愛国心ごっこ」はいらない

よく晴れた夏の暑い日に、戦争が終わった。小学四年のときである。お寺の境内《けいだい》に集まった村人たちと、陛下のお言葉に耳を傾けたが、ラジオはザアザア雑音を立て、よく聞こえない。インテリの住職が「戦争が終わった。日本が負けた」とポツンと呟《つぶや》いた。村人たちもうなずく。

戦争に負けたくやしさも、これで命が助かったという安堵感《あんどかん》もなかった。みんな静かにいさぎよく、切ない事実を受けとめていたように思う。「なにをバカな」と怒鳴ったのは退役軍人だけ。大阪大空襲の翌朝、はるか西の空が真っ赤に燃えていた。もう一方的に殴られっぱなし。そのとき、大人たちはたぶん日本の敗戦を受け入れる覚悟ができていたようだ。

男の気持ちは複雑。かなり早熟だった男は、まわりの気配で戦争の行方《ゆくえ》がわかっていた。

遊び仲間に貧しい工員の子どもがいた。その子どもがうっかり「もうすぐ戦争が終わる。日本が負けて……」と口をすべらせた。この大嘘つきと、一部の生徒に押し倒された。「だって、うちの父ちゃんが言っていた。もう工場にはつくるものがない」。

工員の息子は泣きながら帰っていった。この話が狂信的な愛国教師の耳に入り、工員の両親が呼ばれた。どういう話し合いがあったか知らない。工員一家が、やがて村から消えた。

狂信的な愛国教師にひどい目に合わされたのは、彼だけではなかった。じつは男もそうである。男は竹槍で突撃訓練をやっている上級生をみながら、「あんなもので、飛行機が落とせるわけがない」とつい軽口を叩いてしまった。しまった！　背中のほうで鬼教師が聞いていると思ったが、もうおそい。怒りで青くなった神州不滅《しんしゆうふめつ》の信者から、顔がはれあがるほどどつかれた。いまも男の片耳は難聴である。

このにがい二つの事件を思い出した。男は幼くして傷心した。深い怒りは悲しみに似ている。

◎やるべきことをやった自負心

以降、長い歳月が流れ、男はすでに古希《こき》近く。ある優良企業の会長になっている。小さな子どもを卒倒させるほどなぐった教師に対するにくしみは薄れた。過剰すぎる愛国心は、結局のところ臆病と自信のなさのあらわれだということが、大人になってだんだんわかってきたから。ほんとうに鬼畜米英、神州不滅を信じていたとしたら、とうてい戦後教育を受け入れられるはずがない。にもかかわらずかの教師は、戦後も平然と教師稼業を続けていた。やり切れない気持ち。食べるために……冗談じゃない。土木作業をしても闇屋をやっても、めしぐらいは食っていけたはず。男は小学校の同窓会にめったに出席しない。

男は利権がらみの政治にかかわらない。右も左もイデオロギーの臭気の強すぎる集団にはこわくて近寄らない軟弱者だが、妙に執念深いところがある。そして、これが自分の流儀だとあきらめている。

社長に就任したとき、「必要以上の愛社心などいらない。社会人として尊敬される社員になってほしい」と言った。本心である。そしてネルソンのトラファルガー海戦のときの名ゼリフを引用して「各自それぞれの任務を忠実に果たそうじゃないか」とゲキを飛ばした。

男は愛国心ごっこ、忠誠心ごっこに強い警戒心を抱いている。この国の十年余にわたる混迷は、愛国心の欠如じゃなく、プロフェッショナリズムのおとろえにあると思っている。政治家は公約を守らない。財務官僚はマネー戦争で完敗。経営者は新しい勝ちパターンがつくれない。思考中断、判断停止で問題の先送り。

昔の勢いを知るものにとってはわびしいかぎりだが、儲けてなんぼの大阪商人が儲け方がヘタクソになった……これじゃブラックユーモア。どういうわけか会社の反社会行為にすすんで加担するのは、きまって愛社心の旺盛すぎる社員である。忠義の社員が会社の信用という貴重な財産をダメにしてしまう。

男は凡庸《ぼんよう》ではないが、自分が特別優秀だとは思っていない。けれども一経営者として、やるべきことはきちんとやった自負心がある。

◎人のえらさには旬がある

あれはいつだったかな。そう、バブルが弾《はじ》ける二年前のこと。男はそのころ都銀に勤めていた。順調にエリートコースを歩んでいたが、いきなり頭取に呼ばれて斜陽の名門企業の再建を命じられた。これで出世双六も終わりかというあわい挫折感もあったが、藤沢周平ファンの男には、浮き沈みは人生の常という諦観《ていかん》があった。くよくよしない。それより問題は、自分の手で名門企業が再建できるかどうかである。

二、三日考えさせてほしいと、男は引き下がった。徹夜で調べてみた。幸いいまなら再建できるという計算が立った。それに生涯に一度ぐらいは、石橋を叩いて渡る勤めより、こういう荒仕事もしてみたい。

決心した男は、口出しご無用と、たった一つ条件をつけた。

男は業績不振でアップアップしている会社に乗り込み、さっそく都内の一等地にある伝統の本社ビル、空いている工場用地、社員寮、別荘地を売り飛ばした。本人も驚くほど高く売れた。役員専用車を廃止し、年俸カット。さすがに本社ビルを売り飛ばしたとき、いろいろ雑音が入った。再建会社を占領地程度にしか考えていない銀行の頭取までシブい顔をしていた。まだまだ値上がりする……。

ここは自分の勝負どころだと男はふんばった。シンクタンクに派遣されていた元部下からも、都内のビルには空室が目立つ、バブル崩壊が目前に迫っていることを聞かされていた。

それから会社の改革のスピードが加速化した。番頭さんたちには、第一線からしりぞいてもらった。やる気のミドルを抜擢《ばってき》した。社員の顔に明るさがもどった。

再建に特別な秘訣などない。男はほんの少しばかり運がよかったと思っている。一流大学卒で資質・力量も十分ありながら再建に失敗した人を、何人も見ている。再建という大業は、運がいる。自分にはバブル期という強いフォローの風が吹いた。バブル崩壊後なら、ガダルカナルのような血みどろの撤退戦になってしまっただろう。運も実力のうち。

そうかも知れない。東京の土地だけで米国が買える、こんな虚の経済が長続きしないことは、まともな銀行マンなら知っていたが、もう引くに引けないところまできて、結局バブルという大波に飲み込まれていった……。

男はそろそろ自分も引退時だと思っている。引退後は会社のことなど一切忘れて、どこにでもいる平凡な老人になりたい。

最近の技術の変化のスピードについていけない。

フランスのある哲学者は、人のえらさには旬があると言ったが、フィリピン戦線生き残りの元兵士、ダイエーの中内㓛は高成長期にまぶしいほど輝いたが、引退時をあやまった。けっして他人事じゃない。

◎靖国に参拝しない男のこだわり

――今年も八月十五日がやってきた。築地本願寺へ夫婦でお参りにいった。靖国神社参拝をしたことはない。靖国もあってもいいと思うが、一種のこだわりがある。男は大慈大悲《だいじだいひ》の仏教信者、門徒衆《もんとしゅう》（浄土真宗の信者）である。死者はナムアミダブツでとむらいたい。

男の先輩に愚直な会津人がいた。この人も靖国には行かない。会津藩士が祀《まつ》られていない。会津は薩長史観からすれば賊軍かもしれないが、しかし会津藩や新選組がいなかったら、徳川二百七十年は、いったい何だということになる。

会津は敵前逃亡した不甲斐ない将軍のためじゃなく、徳川二百七十年の名誉のためにたたかった、幕府の葬式をしたのだと思いたい。だから自分は、お盆には故郷に帰って勝者に見捨てられた敗者の墓まいりがしたい。百年以上も前の歴史を背負ったしんどい人だが、心さわやかだと男は思った。それが先輩なりの流儀だから。

男が靖国に参拝しない理由はそれだけではない。太平洋戦争は民主主義対ファシズムのたたかいというのは東京裁判のこじつけであり、勝者の一方的な論理にすぎない。実情はもっと複雑。

史実が明らかにしているように、ルーズヴェルト大統領は、中国ではなく同胞の英国を助けるために日本を戦争に巻き込もうと策略と挑発を繰り返した。それに巻き込まれた当時の指導者たちをおろかだと思うが、声高に批判する気はない。

しかし高級軍人たちには敗戦責任がある。負けるにきまっている戦争をやったことじゃない(それも多少あるが)。負けるにきまっているやり方で戦争をやってしまったことだ。

兵隊、下士官は敵もほめるほどよくたたかった。将校も兵器のハンディキャップを精神力でのりこえようとした。だが、かんじんの参謀、将官クラスが世界の三流！　愚劣な作戦と弱い意志。男はポロポロ涙を流しながら大岡昇平『レイテ戦記』、山本七平『一下級将校の見た帝国陸軍』を読んだ。やはり、高級軍人が国を倒産させてしまった敗戦責任をきちんととる、それが世のけじめだと思った。

◎知覧に舞い飛ぶホタル

いまでもインドネシア人に尊敬されている名将今村均《いまむらひとし》の足跡を男はたどってみたことがある。今村は戦後自らの部下たちの収容されている灼熱《しゃくねつ》のマヌス島の戦犯収容所に帰り、釈放後も、自宅の庭に三畳ほどの「謹慎室」を設け、節を守って生涯を終えた。座右は『聖書』と『歎異抄《たんにしょう》』。お見事――。

ミッドウェーで散った山口多聞《やまぐちたもん》が司令長官だったら、あれほどボロ負けしなかったのにと、いまでも痛切に感じる。

男は商用の合間に、沖縄の激戦地や特攻基地、広島、長崎の原爆跡へもよく行った。全滅したサイパンを見に行った。

なぜだか本土最南端の知覧《ちらん》の特攻基地に強く心が引かれた。春、夏、秋、冬と、四回訪れた。

目の前に姿の美しい開聞岳《かいもんだけ》が見える。

レイテ沖海戦にはじめてあらわれた特攻とちがって、知覧から沖縄へ飛び立った特攻の飛行士たちは、もう敗色濃厚な日本を知っていたはずである。夢多き多感な若者たちが、どういう想いを抱いて開聞岳をこえていったのだろうか。祖国の名誉を守るためと言い切ってしまえば、生還の確率ゼロの限界状況におかれた彼らの精神的苦闘が見えないだろう。

しかし一方で、国に強制された犠牲者ときめこむのもちがっている。彼らは勇気を示した。

リベラルで平衡感覚のすぐれた大岡昇平ですら、特攻は「民族の神話として残るにふさわしい自己犠牲と勇気の珍しい例を示した」「特攻の兵士たちがわれわれの希望でなければならない」（『レイテ戦記』より）と述べている。ほとんど祈りにちかい。

戦争にいったことのない男には、正直に言ってわからない。わからないから何度も知覧に足を運んだ。

還らざる特攻隊員四百六十二人。特攻のたましいがホタルになって知覧にもどったという伝説がある。男はその伝説を信じる。もう一度もどってきてほしい！

17　戦国の夫婦にみるパートナーシップ

数年前の大河ドラマ『利家とまつ』は大分評判がよかったらしい。天下取りの野心、出世競争、勝者と敗者、そして友情と家族愛。史実を誇張したり曲げているところがかなりあるが、そのほうがドラマらしく面白い。おまけにこのドラマの総括演出の浅野加寿子《あさのかずこ》女史は、芸州《げいしゅう》広島城藩祖の浅野長政の直系の人、かの有名な赤穂《あこう》の浅野家はその分家にあたる。

そのせいか、浅野長政の見せ場がタップリ。秀吉の天下取りに大功があったのは蜂須賀小六《はちすかころく》、竹中半兵衛、黒田官兵衛（如水）、そして温厚だが思慮深い弟の秀長じゃないかなど、下世話なことはガタガタいうのはやめておこう。これはあくまで歴史、講談入り混じった新型の時代風ホームドラマだから。

ただ、野暮を承知でいうが、主人公の前田利家は戦国一流の武将ではないし、天下を取る器量などなかった。信長、秀吉が英傑であることはだれでも知っている。あと一流といえば、たぶんに独断的だが、北条早雲、毛利元就、武田信玄、徳川家康、それにあと一人くわえるとすれば黒田如水あたりかな。

一流の武将とは、将の将たる器である。百万の大軍を動員する力量をもつ。武勇をほこり、槍一筋で先頭に立って進軍する利家は元気で勇ましいが、諸将をうごかす知謀はなかった。

◎秀吉と競争せよと利家を励ましたまつ

利家の資質の長短をだれより見抜いていたのは主人の信長である。

天下布武をとなえた信長は、その構想を実現すべく方面軍（ヨーロッパではナポレオンが最初に採用。信長の天才性がよくわかる）という画期的な軍編成をおこなった。関東方面軍司令官滝川一益《たきがわかずます》、北陸方面軍司令官柴田勝家、山陰方面軍司令官明智光秀、山陽方面軍司令官羽柴秀吉、四国方面軍が織田信孝と丹羽長秀《にわながひで》。

信長は生え抜きで出自正しい利家、佐々成政《さっさなりまさ》を身内のようにかわいがったが、両人とも柴田勝家の与力大名。滝川一益は甲賀忍者上がり。四十代まで放浪生活をしていた明智光秀は、将軍義昭というどえらい土産を持参。

これで天下布武の大義名分ができる——信長も光秀も義昭の価値を知っていた。地下人《じげにん》（農民）出身の秀吉は、草履《ぞうり》取りから中間、足軽、足軽大将、侍分、国持大名から方面軍司令官へと、信じられないほど遠い出世の階段を、超スピードでかけのぼった。これをみても信長の能力主義がいかに苛烈《かれつ》で公平だったかわかるというものである。

逆にいえば貧相な小男秀吉（身長一メートル五十センチ程度）の最大の幸運は、司令官クラスに槍や刀をふりまわす能力ではなく、知略、計算能力、人心掌握《じんしんしょうあく》、情報力など、いま風《ふう》にいえば知的生産性をもとめた奇妙人信長につかえたところにある。そしてまた、そういう秀吉の親友であったことが利家の幸運。だから世の中おもしろい。

名門出身の柴田勝家、佐々成政は自尊心が強く、「あの猿めが」「見ろ、あのゴマスリ野郎」と秀吉を軽蔑したが、そのうら側に男の黒い妬心《としん》がかくされている。その点、利家は、荒子《あらこ》の領主の家に育ちながら、ふしぎなほどそういう男のシットが薄い人物。まつは「もっと秀吉殿に競争心を燃やしなさい」と利家を叱りはげました。

政戦略家秀吉の利家に対する友情には計算が入っているが、律儀者の利家は本心で秀吉が好きだったらしい。

成り上がり者の秀吉には、同輩の中で、ほんとうに信頼できる武将、つまりナンバー2がいない。苦労をともにした野武士の親玉蜂須賀小六には、とうていナンバー2の資格がない。秀吉の権威にさしつかえる。

そのへんの事情をよく知る小六は、秀吉が天下人になったとき、「もうオレの出番は終わった」と、早々に隠居し、息子に代をゆずった。おかげで阿波一国が安泰《あんたい》。弟の秀長は優秀だが、あくまで補佐役。大先輩丹羽長秀はけむたい。

黒田官兵衛は、野心家で頭が切れすぎてこわい。「あの男に百万石を与えてみろ。日本国が乗っ取られてしまう」。功労者黒田官兵衛を小大名にとどめた理由について、秀吉が語ったこの話は有名である。

若い人材は多彩。おねが育てた加藤清正、福島正則、秀吉が長浜城主時代に発掘した石田三成、大谷吉継など。が、まだ若すぎる。歴戦の武将たちから見れば鼻たれ小僧のようなもの。となると、ここは常識的にみてやはり前田利家ということになる。

秀吉が、力持ちで律儀な利家との友好維持にこだわり、加賀百万石の大盤ぶるまいをしたのは、単なる友情だけではなく、秀吉自らの天下人としての威厳のためでもあった。

◎まつの先見性が加賀百万石を守った

むろん槍《やり》の又左《またざ》、利家を加賀百万石の主に押し上げた主役は夫人のまつである。司馬さんは、まつ、のちの芳春院《ほうしゅんいん》が加賀百万石の半分をつくったといったが、それ以上というのが私の見方。

だいたいが大男の利家には力自慢をする、意地を張る、男伊達《だて》をきどりすぎるところがあった。痛快な男だが、感情で足元をすくわれるような危うさがある。おまけにケチ。それを知っていたのが利口で苦労人のまつ。

前田家の運命の切所では、まつが「私におまかせくださいませ」とささやいた。ふだん亭主を立てているから腹が立たない。先の見えるまつは、秀吉と勝家の決戦は勝家の負け。天下は秀吉のものだと読み切っていた。大軍を集める力量、それに時勢に乗るスピードがちがう。両人をよく知るまつの目に狂いはない。勝家は豪雄だが、しょせん信長の下で光る男。

戦いは勝つか負けるか。男の面目、家族の安泰、部下の安心は勝つことであり、負けてしまったら元も子もなくなる。この戦国の世、敗者の美学などという甘ったれたものはない。敗残のみじめさがあるだけ。

実父を戦争で失ったまつは、そのことを知っている。名よりお家が大事。ここはリアリストに徹しようと思った。そして若いときから隣同士で親しくしており、生涯の友とも思っていた秀吉の妻おねを通じて、いったんは勝家の下で兵をあげるが、戦機を見て離脱し、そのうち秀吉側につくというシグナルを送っていたと思われる。だから戦いの行方が見えたとき、秀吉は真っ先にまつに感謝した。

また秀吉、利家なきあと、加賀百万石をつぶしたい家康のかすかな野心を見抜いて、まつは自らすすんで江戸へ人質になっていった。彼女の思慮深さと忍耐がお家の危機をすくったのである。

芳春院まつが金沢にもどったのは十五年近く経ってからである。

武士《さむらい》はお家を守り抜け――まつの教訓は生きた。加賀三代目の利常は、鼻毛をのばし、馬鹿面をして、江戸城の廊下をゆらりゆらり歩いた。むろん幕府を安心させるため。

◎秀吉最大の危機を乗り切ったおねの気ばたらき

秀吉の妻おねは才覚に富んだ婦人であり、信長に格別その利発さがかわいがられていた。おねは風当たりの強い秀吉の孤独を精神的に支え、懸命に信長の機嫌をとり、功名をあせって暴走しがちな秀吉の危機をすくった。

天正五年、北陸の雄上杉謙信との戦いのとき、秀吉もふくめて織田方の主な武将は、北陸探題の勝家のもとにつき、全員出撃することになったが、秀吉は勝家と大げんかして勝手に兵を引き上げ、自城の長浜城へもどった。織田軍は軍律がきびしい。秀吉といえども独断は許されない。最大のピンチである。

このとき秀吉は連日宴をやり、飲めや歌えや踊れの大騒ぎをやって、信長の怒りと猜疑《さいぎ》を解いたと巷間《こうかん》いわれているが、むろん陰々なるより陽気なほうがよい。が、その程度の芝居で信長ほどの男がごまかせるかどうか。長年そのことを疑問に思っていたが、作家の津本陽さんと対談して、ほぼわかってきた。

ひそかにおねがうごき、拝み倒すようにして秀吉を許してほしいと願い出た――「……うちの亭主は軽薄でお調子者であの通り教養のない下品な男ですが、ただ一点、上様に対する忠誠心だけはだれにも負けません」「罰として、むずかしい播磨《はりま》、毛利攻略を秀吉勢だけでやることを申しつけてください。夫婦ともに死ぬ覚悟はできております」等々。

『武功夜話』によると、信長に秀吉が呼びつけられたとき、同行したあの豪胆な小六が水ものどに通らないぐらい心配してうろうろする、浅野長政は小便ばかり行く、その中で秀長だけが悠然としていたという。カンのよい秀長はおねの働きを知っていたのかもしれない。

こう考えるとおね、のちの北政所がなぜ淀君《よどぎみ》と秀頼にあれほど冷たかったか、わかるというものである。おねのシットではない。自分は秀吉と二人で天下を取ったパートナーであり、戦友であるというほこりがそうさせたのである。凄い婦人である。

◎「内助の功」に思いを馳せる

ついでながらいえば、土佐の高知城に、藩祖山内一豊の妻の銅像がある。山内一豊の実像は、織田家の平凡な侍。姉川の戦いのとき馬を買う金がなかった。そこで妻女が手鏡の箱から黄金十枚を出して馬を買わせたという。内職してためた金か持参金か、金の出所は知らない。ともあれそのことで一豊は一種の有名人、名物男になった。

秀吉にその愚直さを愛されて掛川城主になったが、秀吉なきあと天下は家康のものと先買いに走ったのも一豊の妻である。下野小山《しもつけおやま》合議で福島正則（これは黒田長政の調略つまりやらせらしい）に次いで、一豊が家康に忠誠をちかうと声を張り上げた。ついでに自城の掛川城も家康に差し出した。「有難い」。家康にこういわせたのは一豊の妻の知恵。

凡庸な外様大名が、どうして土佐一国の太守になれたのか。戦場で何の大手柄もあげていないのに……世の人々はふしぎに思った。

――ようするに戦国時代は夫婦はパートナーであり戦友であった。だいたいが内助の功というのは、序列と身分がかたまった江戸時代の武士（一種のサラリーマン）だけの話である。忙しい商人の家や農家には、とうぜんながら内助の功などない。夫婦は共働きであり、パートナーである。いまでもそうだが、高級料亭、日本旅館など女将のほうがいそがしいし、威張っている。

そして興亡激しい現下の企業社会でも、夫婦はパートナー、あるいは共働きになりつつある。内閣府の世論調査によると、武士的サラリーマンの、夫は外で働き、妻は家庭を守るという伝統的な役割分担意識がくずれてきている。「だれのおかげでメシがたべられる」。こう大威張りできた、サラリーマン黄金時代はすぎようとしている。それを切ないと思うか、面白いと思うか、人それぞれであろう。

また内助の功は人生五、六十年時代の話。いまや人生八十年、人生二毛作の時代である。定年後に内助の功などあるものか。そんなことをいえばヨメさんにはっ倒されてしまう。夫婦は人生のパートナーでよろしいのじゃないですか。私におまかせくだされ——。

まつのやさしくも力強いセリフを聞きながら、そんなラチもないことを考えた。

18　天才・信長の清々しさ

信長の話をしたい。

平成十三年に退陣した森首相は、ずいぶんおそまつな首相だった。ハワイ沖で宇和島の高校生の海洋練習船が、米国原子力潜水艦によって沈没させられるという悲痛なニュースが入ったとき、森首相はゴルフ場でのどかに遊んでいた。大したこと、あるまい――そのままプレーを続けたという。呆れたことに、他人様のゴルフ会員権を、長期にわたって無料で借用（？）している事実まで、世間にバレた。やっていることが貧乏臭くてセコい。

一度何かのパーティで見かけたが、この人は案外根が正直で好人物だ、というのが私の印象である。大きな身体のわりには気配り、目配り上手、胃腸が丈夫で楽天的だが考え方がアバウトというか、素早い判断ができない。小さな嘘はつけても、大きなホラ話が出来ない。小さな夢は語れても、大きな夢が語れない。要するに、大不況から脱出すべくあがいている日本に、明るい未来がやってくるかどうかの瀬戸際のところで、この程度の宰相しかもてなかったのは、われわれの悲劇であり、森さんの不幸である。

森さんという人は、相撲《すもう》の親方か、大学応援団のOB会の会長でもやってれば、もっと楽しい余生が送れたのじゃないか。

昔は、といってもつい数十年前のことだが、わが大和民族にも、もっとゴツい宰相がいた。池田勇人《いけだはやと》は総理大臣に就任したとき、選挙民に自分が広島県人であることを忘れてくれといった。一国の総理は政治屋じゃなくステーツマン。地元に既得権や土木建設という即物的利益をもってかえらない、そのことを覚悟してくれといったが、よろこんで受け入れた当時の広島県人もえらかった。

私の先輩はある通信社のチンピラ政治記者だったが、京大卒の総理大臣が出たというので舞い上がり、池田総理にインタビューしたとき、「総理！　じつは僕は大学の後輩です。よろしく」といった。

「それが、オレと何の関係がある」

一喝されて赤面した。すごい迫力でしたよ、と、定年後の今でも池田勇人のことをなつかしがっている。池田勇人の愛弟子が大平正芳。

今は昔、プロ野球の日本ハムの優勝祝賀会がプリンスホテルで開催されたとき、当時自民党幹事長をやっていた大平正芳と話をかわした。無口な人どころか、世評とちがってじつに議論好き。話の中身が論理的で、ときどき英国風のユーモアをまじえる。この人が相当な読書家だということはすぐわかった。ただそのほとばしり出る才知を茫洋《ぼうよう》とした風ぼうと、例の「ア・ウン」で韜晦《とうかい》していた。それを察していたのはたぶん田中角栄……と、ここまで書き出したところで、遠くから声がした。

お前さんは政治にかかわらない、政治家の話をしないと常日頃言っているじゃないか。いつから政治評論家、いや政界総会屋に商売をくらがえしたのかと。そこのところを枉《ま》げて、世間様にお許しいただいて、政治家の話を続けたい気がしないでもないが、やはりやめとこう。素人の床屋政談はバカにされるだけ。

◎信長に学ぶ五つの行動原理

視点をかえ、ナマものはやめて、歴史上の人物をとり上げる。小林秀雄は歴史とは想い出であるといったが、歴史とは立ちすくむ人びとに元気を与えるものでもある。ちょっと長いタイムスパンで考えると、日本に人材がいないのじゃなく、人材を表舞台に出す装置がこわれただけだ、ということがすぐわかる。

「時勢が人材を生む」（勝海舟）

幕末の長州存亡の危機を救ったのは、独力で奇兵隊をつくった高杉晋作という一青年である。明治維新は薩長土肥の下級武士がやってのけた。

日本という国のふしぎさは、旧体制やシステムがこわれたとき、かならず能力主義、下剋上の世の中になり、骨太のリーダーや器量人が輩出して、再び活力とエネルギーをとり戻すことにある。敗戦のときもそうだった。国敗れて……人材と技術を残した。戦後の廃墟の中に青空を見た人たちが、経済再建、高度成長をやってのけた。

戦国の世は人材の黄金時代、まるで人材の総力戦のようなもの。北条早雲、毛利元就、武田信玄、秀吉、家康、黒田如水……なかでも信長は、震えがくるほど天才的指導者である。

やっとのことで、信長の出番がやってきた。信長の魅力について語ると何昼夜もかかりキリがないので、ここは五十代諸君の頭の体操になるところを強調しておく。

【成功体験への執着のなさ】

小軍をもって大軍を倒す奇襲戦は、生涯たった一度しかやってない。あとは味方に大軍を集め、勝てるという成算が立ったときしか、決戦はやらなかった。ふつうは一度成功したら病みつきになる。ベテランになればなるほど、過去の成功体験が捨てがたい。

昭和の陸海軍のリーダーは、日露戦争の成功体験に過度に学び、白兵戦と艦隊決戦にこだわり、飛行機と戦車の登場が戦争を変えたことを知らなかった。

つまり一時代前の戦争をやり、惨敗した。

高度成長期の成功体験がしみついた企業エリートは、インフレ（右肩上がり）からデフレ経済（右肩下がり）の時代への発想の転換が出来なかった。

【一にも情報、二にも情報】

桶狭間の戦いに勝ったとき、信長は一番手柄を、敵将・今川義元を討ち取った毛利新助ではなく、義元の本陣をつかんで報告した梁田政綱《やなだまさつな》に与えている。

また当時日本最強といわれた武田信玄の軍隊の戦法とそのうごきを細作《さいさく》（スパイ）を使って徹底的に調べあげ、その構造的欠陥が兵農未分離にあること、つまり農閑期しかいくさが出来ないことを見抜いた。だから信長は信玄上洛の報を聞いても、頭にカッと血がのぼっていない。尾張以西まで侵入するのはとてもムリ。「信玄足長には出で候わず」。

まだ圧倒的戦力をほこっていた日本海軍がミッドウェー海戦で大敗したのは、情報戦で不覚をとったからである。太平洋艦隊司令官ニミッツは、日本海軍のミッドウェー島攻略を読みきった情報参謀レストンに「ありがとう、君のおかげで勝てた」と深々と頭を下げたという。

ある動きの鈍い大企業のトップは、社員にパソコンを持たせながら、当社は集団合意だから意思決定が遅いと、のどかにさえずっている。なんのこっちゃ、といいたい。

【撤退戦上手】

勝ち負けは兵家の宿命。信長は金ケ崎で浅井朝倉勢に挟撃《きょうげき》されたとき、戦機の去ったことを一瞬にして知った。そこでつまらない見栄や意地を捨て、さっさと京へ逃げて帰った。そのとき、殿軍《しんがり》をつとめたのが秀吉。司馬遼太郎は、この負けっぷりの見事さに信長の天才性をみている。人間関係がうまく、つき合い上手の調整型指導者は、平時はともかく、何が起こるかわからない激動期のリーダーはつとまらない。仲間のいやがる撤退戦が出来ないからである。けれども全員が撤退に賛成したとき、もうすでに撤退のタイミングは、ズレてしまっている。

金融、流通、不動産、ゼネコンなど、バブル崩壊後すぐさま不良資産の処理という撤退戦をやってたら、ここまでボロボロになることはなかったのに。

【知的生産性を重んじた人材起用】

足軽以下、今でいえばパートタイマーからはい上がった秀吉の最大の幸運は、武将クラス（役員）にヤリや刀をふりまわす体育会系ではなく、機略、調略、アイデアという知的生産性を求めた奇妙人信長につかえたことである。ほかの大名につかえていたら、たぶん小柄で非力、出しゃばりで口達者の秀吉は足軽頭にもなれなかっただろう。

甲賀忍者の親玉・滝川一益は、鉄砲の名手で乱戦に強い。明智光秀は四十代で織田家に就職したが、天下布武をねらう信長に足利義昭という、どえらいお土産を持参した。

くり返すようだが秀吉は、北陸攻めのとき、総大将の柴田勝家と口論して、独断で上陸戦線を離脱して自城の長浜城へ帰還した。織田軍は軍律がきびしい。秀吉生涯のピンチだが、これを救ったのが秀吉の妻おねだろうと推理している。内々信長にお目通りを願って「うちの亭主は浮気者で、身勝手で、せっかちで功名心が強過ぎるどうしようもない男ですが、ただ上様への忠誠心だけは一点のくもりもございません」とか何とかいって、捨て身で信長のゆるしを願った。信長は利口なおねをかわいがっていた。

秀吉の天下取りはおねが支えた。加賀百万石を守り抜いたのは、おまつである。浮き沈みの激しい戦国の世は、女性も頑張った。今もそう。リストラ格差時代は、夫婦合わせて一丁前ぐらいの気持ちでしぶとく生きてほしいものである。

【柔軟で革新的な発想】

足軽の鉄砲隊で武田の栄光の騎馬隊を滅したエピソードが有名だが、毛利水軍の小船の火力と機動力で、信長自慢の九鬼《くき》水軍が完敗したとき、信長は、お前たちは根性なし、意気地なしなどと、アホな長説教をしなかった。すぐさま燃えない船、鉄鋼船をつくらせ、毛利水軍を破った。

平たくいえばイノベーションとは、相手の長所を短所にかえること。思考の集中力と技術の革新でそれが可能になる。

楽市楽座の制というネーミングも秀抜。規制緩和より、はるかに明るい未来が見える。

——なるほど信長は、天下統一がまさに見えたところで、そのあまりの革新性と創造的破壊をおそれた旧体制をバックにした明智光秀にクーデターを起こされ、横死したが、それでも信長の値打ちは変わるまい。暗殺されたシーザーも、晩年は離れ島で死んだナポレオン（一説に毒殺）も、いまだに世界の英雄である。

だいいち信長あっての秀吉、家康じゃないか。小粒化したわれわれにとって信長は所詮見果てぬ夢だろうが、この極東の国にも、かつて世界的スケールの英雄がいた、と考えるだけでも楽しい。先行き不安の憂さも晴れるというものである。

信長の最後のセリフの響きがよい。

「是非におよばず」

第四章

心を癒す「名文・名句」と出会う

19　わが心の『歎異抄』

ついこの前、ある大企業の経営者をやめた人と、居酒屋で酒を飲んだ。私は経営評論家という立場上、現役の経営者と、なるべく距離をおいてつき合っている。特定の経営者に肩入れしない。が、現役をしりぞいたトップはべつ。

精神的骨格のすぐれた元経営者から、教えられることが多い。人生の深みを知っている。互いに遠慮なく、話もはずむ。それだけではない。彼は私の友人の中で、ただ一人、大企業のトップまでのぼりつめた男である。

「あのねえ、正直にいってほしい。貴方《あなた》の五十代はどんな時代だったの、面白かった？　自信たっぷり？　それとも将来に対するぼんやりとした不安……」

しばらく考え込んで「まあ、泣かされる年代だったナ」と彼。

辛いことが重なった。五十の坂にさしかかったとき親父が死んだ。親父は、和歌山の山中の寒村生まれ。戦争から帰って、ちっぽけな田畑を耕し、みかん山の手伝いや出稼ぎをやって懸命に働き、子どもたちに飯をくわせてくれただけじゃない。教育という大変な財産を残してくれた。

オレが東京の大学へ行きたいといったとき、「どこにそんな金がある」となげく母親の反対を押し切って、自慢の牛を手放した。自分のわがままが親父の命をちぢめてしまったと思うと、いまでも切なくなる。

それだけじゃない。

月々火水木金々の猛烈社員だったものだから、家庭のことはすべて女房まかせ。子どもがグレて女房が困っているのに、相談に乗ってやらなかった。上の空で聞いていた。女房まで気がおかしくなり、家中が暗くなり、どんどん冷えていった。そこで立ち止まって自分の生き方をもう一度考えてみればよいのに、人間というものは弱いものですナー、ますます仕事にのめりこむことで憂さを晴らしていた。むろんあとひと頑張りで常務だ、という私欲と気負いがあった。

しかし悪いことは重なるもの。会社の将来に緊張感をもたないトップと意見が衝突して、子会社に飛ばされてしまった。業界紙で、あの男も、もうこれでおしまいだろうと叩かれた。昔かわいがっていた部下が子会社に遊びにきたが、貴方は目の力を失っている、生気が感じられないと、まるで自分のことのように泣いた。女房どころか、オレまで軽いうつにかかってしまっていた。

五十代は定年も近づき、サラリーマン出世双六の終わりも見えてきた。この年代は美しく老いていきたいものだとよく識者がいうが、しかしその美しく老いることが、如何《いか》にむずかしいかがよくわかった。

煩悩《ぼんのう》の深みにはまる。心が細くなりとげとげしくなる。人の足を引っぱり自己保身に走る。やれ子会社行きだ、リストラだ、選択定年だ、みな目の色を変える。——ほんとうに泣かされる年代だったよ。

「そのピンチをどうやって切り抜けたの？」

一つはユングの言葉。中高年の心の屈折——大病、愛する両親や障害を持った子どもの死、妻との別れ、失業などは、人間再生へのバネであるというはげまし。

　昔とちがっていまは人生八十年時代。もう一山こえなければならない。一度ころんで自分と向かい合うと、もう一山こえるためには、何が自分に欠けているかがよくわかる。オレに欠けていたのはゆとりと廉直《れんちょく》の精神。オレが懸命に頑張っているから、お前たちをくわせてやっている、こんなに贅沢させてやっているのに、お前のナマクラは何だという白い眼に、子どもは耐えられなかったのかもしれない。

　その傲慢さは、自信たっぷりで上昇志向の強すぎるオレ自身の、家族に対する甘えだということにおそらく家内も気づいていたと思う。何十年も連れそった夫婦だから、何でもわかり合えるというのは貧しい時代の話で、いまはそれだけじゃ通用しませんね。やはり言葉が必要ですよ。

　家庭破壊の責任が自分にもあることを認めることによって、女房は少しずつ口をきいてくれるようになった。気のせいか息子のほうも以前のように父親を避けなくなった。

むろんモノは豊かなほうがよい。人生は暗いより明るいほうがよいのに決まっているが、五十代で悩み苦しみ、心の屈折を経験することは、けっして悪いことばかりじゃない。一度ぐらい軽いうつぐらいにかかって、そこをくぐり抜けて人ははじめて美しく老いていけるのじゃないかナ。

五十にもなって背中に淋しさがにじみ出ない男など、たいしたことはない。

◎意気地なしでも臆病でもいい

彼の話は続く。

一週間ばかり休暇をとって、親父が敗戦を迎えたフィリピンへいった。戦争の話は滅多にしなかったが、レイテ決戦にまわされていたら、自分は確実に死んでいたという言葉が印象に残っている。帰りに、いま弟が継いでいる和歌山の実家へ寄った。親父は熱心な門徒衆で、毎朝お念仏をとなえていた。その光景を想い出しているうちに、ふと親鸞《しんらん》の『歎異抄《たんにしょう》』が読みたくなった。

いづれの行《ぎょう》もおよびがたき身なれば、とても地獄は一定《いちじょう》すみかぞかし（『歎

異抄』第二章）

善人なほもて往生《おうじょう》をとぐ、いはんや悪人をや（同第三章）

悪の可能性は、われら凡人はだれも持っている。知らず知らずのうちに要領のよい人は人をだまし、出世主義者は、他人をけ落とす。そしてそれを自分の知恵と才覚だと錯覚する。

善人、正義の人は、善意の悪のこわさを知らない。地上に楽園をもたらすというかつての共産主義がそうだったし、戦争も政党、会社の派閥抗争も、みな正義のもとにやっている。江戸時代のお家騒動もそう。

心が落ちこんだとき、よく藤沢周平の時代小説を読むが、藤沢さんの武家物の魅力は、藩の派閥抗争でどちらが善玉でどちらが悪玉かは、けっしていわなかったところにあると思う。物欲、権力欲、名誉欲、あるいはシットは男の業《ごう》のようなもの。藤沢さんの心の底には透明な無常感が流れているような気がしてならない。

ま、それはともかく、自信過剰な人、自力を頼みすぎる人、正義の士は、肩をいからせ勇ましいが、煩悩具足《ぼんのうぐそく》のわれら凡人のもつ心の闇や、私欲、悪業からは離れられない悲しみをしらない。

われら凡人は意気地なしで臆病で、とても自力本願などできない。他人によって生かしてもらっている。そして肉食妻帯《にくしょくさいたい》にふみ切った親鸞も、じつは煩悩具足の凡人の一人だと告白するところがまさに感動的。『歎異抄』をくり返し読んでいくうちに、かすかに灯火《ともしび》が見えた。また親父に助けてもらったナと思った――。

じつをいえば私も仏教徒である。

話がちょっと古くなるが、リクルート事件で日本中が大騒ぎしたとき、経営評論を商売のタネにしているのに、この件については一切発言しなかった。沈黙を守りつづけた。断っておくが、リクルートとは一切関係がないし、株券ももらっていない。その意味では潔白であり、自由に発言できる立場。

が、万が一リクルートの大将から株券を安くわけてやろうというおいしい話がまいこんだら、たぶんホイホイと飛びついただろう。とても人様を批判できる資格などない。それを教えてくれたのが親鸞の信仰告白書『歎異抄』である。

最近親が子を簡単に殺す、逆に子が親を殺すという陰惨《いんさん》な事件が相次いで起こっているが、相変わらずテレビのコメンテーターが高声上げ、ペラペラさえずっている。品性陋劣《ひんせいろうれつ》の自分など、とてもそんな器用な芸当などできそうもない。ただナムアミダブツと祈るのみ――。

◎「ご同朋衆」を救済する慈悲

彼の話にもどる。

サラリーマンの浮き沈みは世の常。お恥ずかしい話だが、親会社で一波乱が起こって、子会社に飛ばされていた自分に、本社のトップをと、ご指名がかかった。とはいえ、見事敗者復活をなしとげたとかいう、そんな結構な話じゃない。オレがオレがという自負心など、もう消えているから、かえって風景がよく見えた。

不良資産を先送りし、会社を迷走させた旧経営陣を追放すること、そして同時に大胆なリストラをやること——外にいたお前さんなら非情な大掃除ができるだろうという虫のよい話。ふざけるナとこの話をケ飛ばしてやろうと思ったが、何十年もこの会社にお世話になったという恩義がある。それに数少ないが、もうあの男は終わりだよといわれながら、自分と一緒に下りのエレベーターに乗ってくれた部下もいる。彼らに感謝もしたい。

結局引き受けることにした。

業績大不振の会社を建て直した、その間の苦労も聞いてみたかったが、彼は笑ってこたえない。ただ本社に戻ったとき、肝をつぶしたよ、という言葉から推測するほかない。

わがこころのよくてころさぬにはあらず
また害せじとおもふとも百人千人をころすこともあるべし（『歎異抄』第十三章）

会社再建のメドが立ったとき、この人はあっさり引退した。

リストラが終わったところで自らの肩叩きをやった彼の悲痛さが痛いほどよ

くわかる。何も戦争、テロ、強盗殺人だけが人殺しではない。リストラもまた、手に職のないサラリーマンに対する一種の人殺しだ、といえなくもない。

チンタラチンタラやっている無能社員、上司にゴマするだけが取り柄のサラリーマンも生き残るため、妻子のために、泣きながらそれをやり、必死になって生きのびようとしている。

またこうもいえる。リストラされた社員もされなかった社員もその差はほんのわずか。

「わがこころのよくてころさぬにはあらず」

左遷されたとき、私もこの一節をくり返し読んでいるうちに、自分を飛ばしたトップに対する憎しみが波が引くように消えていった。私とて例外ではない。かりに自分が逆の立場だったら、たぶん同じことをやっただろうから。

ころすもころさぬのも業縁《ごうえん》である。人をころす悲しさをもつわれら凡夫を救済するのが、阿弥陀《あみだ》の慈悲《じひ》である。人間のもつ弱さと自力作善《じりきさぜん》の限界を徹底して認めた親鸞は、念仏を信じる行者は、老若男女《ろうにゃくなんにょ》を問わずご同朋衆《どうほうしゅう》とよんだ。

親鸞は慈悲の平等をとなえた。

ご同朋衆——じつに響きがいい。

「ご同朋衆、また会おう」。互いにそういって、軽い酩酊《めいてい》気分で別れた。

20 『徒然草』にみる人生の味わい

今は昔、サラリーマン時代の話である。

私が広告代理店の本社のマーケティング局長から関西支社長に転任したとき、営業のコツを商社に勤めている大先輩に聞きに行った。

人の名前がなかなかおぼえられない。ゴルフはするがカラオケ、マージャンは大嫌い。見知らぬ人と会って長時間話をすると、すごく疲れる。それにお世辞もへたくそ。こんなわがまま男に営業の最前線の指揮官など務まるだろうかという不安が強かった。

私が相談に行った先輩は営業の鬼とも神様とも言われ、すでに業界では有名人である。だから何か知恵をさずけてくれるだろうと思った。

ところが、営業のコツ？　ま、コツコツやることだナ。一生懸命に無我夢中でやって、失敗しながら身体で学んでいく以外にはないだろう、とつれない返事。当たり前じゃないか、アホらしいと思いながら、ふと先輩の大きな机を見ると、『徒然草《つれづれぐさ》』があった。

ふしぎそうに見ている私に、「ああ、この本を読むといいよ。営業マンの教科書のようなものだと言えば、兼好《けんこう》さんに叱られるかな」と大先輩。あとから考えると、わざと私に見えるように、書類の横に並べていたのかもしれないが、ともかく帰って本箱の片隅にあった『徒然草』を手にとってみた。これが私と『徒然草』の初めての出合いである。

むろん高校時代にちょっとかじったが、あれは受験勉強のため。なかなかの名文だ、と思ったが、大学に入って、やがて会社員になってどんどん記憶が薄れていった。

四十過ぎになって、初めて『徒然草』を本気で読んで、このエッセイの奥深さや、著者・兼好の人と人生を見る目のたしかさを知った。それから何度も読んでいる。必ずしも全文を読む必要はない。一章一章、独自の味わいがある。

ユーモア、ペーソス（哀愁《あいしゅう》）、人生のほろ苦さ、古きよき時代の哀惜――この本のすばらしさは、四十代、五十代、六十代と年を重ねるごとに新しい発見、共感が生まれるところにある。

この激動の時代に、健気《けなげ》に生きている中高年のサラリーマンにこそ読んでほしいものである。そう言えば吉田兼好も、古い価値観がひっくり返り、何が起こるかわからない騒然とした南北朝時代を、巷《ちまた》の隠棲者《いんせいしゃ》として、経済的な不如意《ふにょい》にもかかわらず、しぶとく、また、面白げに生き抜いた。私は兼好法師のちょっと俗物臭いところに、大いに魅力を感じる。

◎起承転結の〝結〟がむずかしい時代

さて、『徒然草』の中身――。

第百九段の「高名の木のぼりといひしをのこ」の話が面白い。木のぼりの名人と言われた男が弟子を指図して、高い木にのぼらせ梢《こずえ》を切らせたが、ああ危ないナと見物客がはらはらしているときには何も言わず、降りるとき軒長《のきたけ》になってから、「失敗するナ。注意して降りよ」と言葉をかけた。「これくらいなら大丈夫、まずケガなどしない。どうしてそう言うのか」と問いただすと、「そこなんですよ。目まいがするような高い所にのぼり、枝が折れやすいあいだは、本人も細心の注意を払っているから、言わなくても大丈夫です。あやまちはやすきところにて、本人が一安心しているところで起こるものです」と、かの高名な木のぼりが答えたという。

まさにその通りだと、営業マンを見ているうちに実感した。腕のよい営業マンは、新規のスポンサーを開拓するとき、これはいただけそうだナというところから全力投球をする。油断大敵！　まさにそのときからライバル会社が懸命の巻き返しをやる。ときにはコネや政治力も行使する。情に訴える。突如スポンサーの社内事情が変わることもある。知らず知らずのうちにチャンスがピンチに変わっている。そのこわさを知りぬいているからである。

新しいスポンサーが獲《と》れそうだというところで、べつに手抜きをしたわけじゃないが、一安心してしまう営業マンは一流になれない。営業マンとして大成する人は、歴戦の臆病者である。

考えてみれば、これは今の五十代のサラリーマンにも言える。かつての右肩上がりののどかな時代は無事に越せた五十代の坂をのぼる——あるいは下る——のがむずかしい。

ある成長企業で講演したとき、社員にこういう質問をしてみた。「十年後も、あなたの勤めている会社が、他社に合併もされず倒産もせず、今まで通り繁栄していると、自信を持って言える人は手を挙げてほしい」と言ったが、誰も手を挙げない。何と社長さんまで手を挙げなかった。企業社会のサバイバル競争のきびしさを肌で感じたが、一方で不透明な未来に全員が緊張感を持っているこの会社は多分大丈夫だろうと思った。よく言う、危ない会社ほど危機感がない。

ともあれ、やれやれとホッとしたところで、倒産、リストラ、合併、給料ダウンもありうる。年金もちょっと心配……われわれの時代は、大方のサラリーマンが、五十代になってこれでサラリーマン出世レースの終わりという淡い哀感で迎えたが、今はサラリーマン人生の起承転結の〝結〟がむずかしい。定年を迎えてソフトランディングするのか、ハードランディングするのか？　何とかなるだろうという楽天性も大事だが、ここで細心の注意を払わないと痛い目に遭《あ》う。

貯金は？　ローンは？　自分の売りモノは何か。人脈はあるのか。もう一度再チェックしておいたほうがよろしいかと思う。年収一千万の会社員の世間で通用する値段が五、六百万円なら、ここで猛勉強して能力アップのスピードを高めるか、少しずつ五、六百万円程度に生活のレベルダウンを図ったほうがよい。多少貧しくとも、楽しい人生が送れる人も、また賢者である。

◎「人持ち」なら情報洪水におぼれない

「手のわろき人の、はばからず文書きちらすは、よし。みぐるしとて、人に書かするは、うるさし」（第三十五段）

字のヘタな人が遠慮せず無造作《むぞうさ》に、手紙など書きよこすのは、いいことだ。

自分が字がヘタだからという理由で、他人に書かせるのはいやみで興ざめだと兼好は言う。

私は字がヘタである。それも自分でも感心するほどヘタ。それでも得意先が貴重な時間をさいて長話を聞いてくれたときなど、お礼の厚い手紙を書いた。旅先から、なじみの人によく葉書を出した。文は、いたずらに高声上げておしゃべりするより、よほど説得力がある。字がヘタな営業マンに、せっせと手紙を書くことをすすめた。本人が書いたか、代筆かはベテランならすぐ見抜く。

むろん私の支社長当時は、ワープロもファックスもまだ普及してなかったとき。パソコンの普及のおかげで字がうまい、ヘタはあまり関係なくなったが、それでも宛名と自分の名前を手書きしている手紙をみると、たとえ字がヘタくそでも、ホッとする。鳩居堂《きゅうきょどう》の便箋《びんせん》を使っている人には、奥ゆかしさを感じる。

「少しのことにも、先達《せんだつ》はあらまほしきことなり」（第五十二段）は、まさに名ゼリフ。

仁和寺《にんなじ》の法師が、念願の石清水八幡《いわしみずはちまん》におまいりに行った。八幡山のふもとの附属の寺社にもまいり満足して帰った。みんなが山へのぼっていく。何ごとがあるのか、行ってみようかと思ったが、そのままにしておいたという。法師はかんじんの石清水八幡が山の上にあることを知らなかったとさ——そこで兼好の教訓。何ごとも先達があったほうがよろしい。

この世に自分の知らないことなど、いっぱいある。銀行マンから転身してアサヒビールの社長に就任した樋口《ひぐち》廣《ひろ》太郎《たろう》さん（一九九二年に会長。その後、相談役名誉会長）は、どうすればビールが売れるかを、キリンやサッポロのトップに聞いて歩いたという。知ったかぶりをせず、業界の横綱、大関にぶつかりげいこをつけてもらったところに、樋口さんの経営者としての凄味がある。

話題の豊富な営業マンは、その道の専門家を、じつによく知っている。情報化社会をしなやかに生きるコツは、その道の先達をたくさん持つ、つまり人持ちになることである。

人貧乏している人、あるいは自分は何でも知っているとおごり高ぶる人が、情報洪水におぼれる。技術オンチでコンピュータが苦手の私が、経営評論家として大したボロも出さずにやっていけたのも、何人かのコンピュータの達人たちに応援してもらったからである。

◎古き時代の人を友とする

「ひとり灯のもとに文をひろげて、見ぬ世の人を友とするぞ、こよなうなぐさむわざなる……」（第十三段）

今となってはなつかしいかぎりだが、社内で政変が起こり、名古屋支社に左遷された時期、じつによく本を読んだ。古典を読み、古き時代の人をわが友とすることによって、周囲の冷たい視線に耐え、単身赴任の淋しさをまぎらわした。

いや……そんなにカッコのよいものじゃない。オロオロ、オタオタしかねない自分の心の平衡感覚を、かろうじて保ったと言ったほうが当たっている。西行、兼好、芭蕉から、勝海舟の『氷川清話』、マキャヴェリの本まで手をのばした。泣きたいときは親鸞の『歎異抄』。

この名古屋時代のにがい体験がなかったら、未熟で大した才のない私など、とても世に出られなかっただろう。三つの大きな収穫をえた。一、古典を読むことで世間と人間模様がわかったこと。二、多少とも孤独に強くなったこと。三、サラリーマン人生の浮き沈みはけっしてマイナスばかりじゃないと知ったこと。要はピンチをチャンスにするには自分がどうすればいいかを考えさせてくれたことである。

むろん私の左遷など、リストラされたサラリーマンの苦しみに比べたらチャチなものだが、その苦しみの中から一歩踏み出す勇気を、西行さんや兼好さんが与えてくれる。

花は盛りに、月は隈《くま》なきをのみ見るものかは——なかなか味わいのある言葉である。

以下は私の作文。

吉野の満開の桜の下で、酒をくみかわすのは極上の贅沢である。桜はわが大和民族のこころ。「ねがわくは花の下にて春死なむそのきさらぎの望月のころ」

（西行）。私は京・高雄の紅葉が最高か。が、冬枯れの大原の里を歩くのも、また趣《おもむき》がある。寒さにふるえながら、寂《じゃっ》光院《こういん》の庭先を眺めて大喜びした家内の亡き母（東京生まれ）の笑顔が、今でも目に浮かぶ。

年をとると、春先に、欠けた月を見ても心が浮き立つ気分になる。

吹雪《ふぶき》の北国のひなびた温泉宿に泊まって、親しき友と来し方行く末を語り合うと、心の疲れがとれる――。

21 『徒然草』にみる人生の智恵

私は鎌倉時代の第一級の政治家として、北条泰時《ほうじようやすとき》、時頼《ときより》をあげる。いずれも名こそ惜しけれの鎌倉武将の典型的な人物である。

北条時頼が『徒然草』に登場する。第二百十五段――。最明寺入道《さいみようじにゆうどう》北条時頼は、夜ふけに側近と酒を飲み交わしながら世間話をよくした。酒の肴《さかな》はわずかの味噌。それだけで十分だと、気分よく何杯も飲んだという。時頼の質素と奥ゆかしさがよくわかる。

北条家は源頼家、実朝《さねとも》を汚い謀略で倒した、権力の簒奪者《さんだつしや》である。にもかかわらず後世の評価はけっして悪くない。治世の公平さと倹約、質素な生活ぶりに、人々が感嘆したからだろう。若くして幕府五代目の執権の座についた時頼は、北条の最大のライバル三浦一族を武力でほろぼし、一族の反勢力派を次々に失脚させた猛々《たけだけ》しい力の政治家だが、一方で、あるいはそれが故に、身辺はきわめて清潔で少しの甘さもなかった。部下にも民にもやさしい。謡曲『鉢の木』（巡国伝説）が生まれたゆえんである。

都人兼好は、草深い東国武士の猛々しさと無教養をしばしばからかったが、その棟梁《とうりよう》と言うべき時頼に関しては、ほれぼれとするようなエピソードを紹介している。そこが面白い。やはり政治の頂点に立つものは、こうあらねばならないという思いが兼好にあったのだろう。

その時頼を育てた松下禅尼《まつしたぜんに》がまたえらい。

第百八十四段。時頼の母松下禅尼は、息子が禅尼の家にたずねてくるとき、障子《しようじ》の破れたところを、自分で張り直した。そのとき世話役としてそばにいた安達義景《あだちよしかげ》が「こんな仕事は、あなたのような高位の人がすることじゃございません。障子張りの得意な者がいるので、それにやらせます」と止めたところ、「私のほうが上手ですから」と張り仕事を続けた。義景それを見て、「いっそ全部張り替えたほうがよいのではないでしょうか。まだらに張り替えるのは見苦しいと思いますよ」と重ねて申し上げた。

「私も全部張り替えたほうがいいと思いますが、今日だけはこうしておきたい。物は、やぶれたところだけつくろってつかうことを若い人（時頼）に気づかせ、見習わせたいのです」……天下をおさめる時頼ほどの人の母だけあって、まことに大したものですナ。

大河ドラマ『北条時宗《ほうじようときむね》』は、つきあいきれないものがあった。松下禅尼の孫、時頼の子どもにしては、剛直さがなさすぎる。繊細で気配り過剰で、傷つきやすい。大元帝国の侵入という外圧のプレッシャーでいまにも倒れそう。それが納得できず途中で見るのをやめたが、時宗の実像はもっと果断な実行家ではなかったか。

それはともあれ、いまの政治家に質素、倹約を訴える気持ちはない。だいいち時代がちがう。この橋もこの道路もオレ様がつくったと自慢するのもいいだろう。高級料亭のはしごはやめなさいなど、野暮なことは申すまい。だが何か一つでもいいから、世間から尊敬されるものを持ってほしい。われら庶民から有難うぐらいは言ってもらえる人物になってほしい。

これは大企業のトップも同じこと。そういう気分もあって、『徒然草』の中から北条時頼に関する話題をひろってみた。

◎昼寝したいときは昼寝すればよい

ある人、法然上人《ほうねんしょうにん》に「眠気におそわれて念仏の行を怠ってしまうことがよくございます。これじゃとても成仏《じょうぶつ》できそうもありませんが、どうすればよろしいでしょうか」と問うたところ、上人は「目がさめたとき念仏なされたらよろしいのですよ」と答えられた。これはたいへん尊い教え。

また上人は、「西方極楽に往生できるかどうかは、かならずできると思えばできるもの、往生できるかどうかわからないと思えば、できないかもしれない。不確定でしょう」と言われた……第三十九段。

これは現世利益《げんせりやく》も説かず、死後の西方浄土も約束しなかった親鸞の師・法然の教えの本質を見事についている。昼寝したいときは昼寝すればよい。昼夜を忘れ、一心不乱に念仏をとなえることもあるまい。自然体でよろしい。うれしいじゃないか。私のようなモノぐさ者にはぴったりである。禅にも興味はあるが、あのきびしい修行を考えると、しりごみしたくなる。ものごとのすべてを正邪で判断する一神教の苛烈さにつきあうのは、ちょっとしんどい。

むろんテロは憎むべきだが、一方、ブッシュ大統領は、アメリカの戦争は常に聖戦だと高声を上げている。もし本気でそう考えているとしたら恐い。歴史上いまだかつて不正義のもとに行われた戦争などない。

念仏をとなえて西方浄土にいけるかどうかは不確かである――この正直さ、あるいはあいまいさが好きである。私はあの世などないと思っているが、それでも心が細く尖ったとき、お念仏をとなえると胸のつかえがとれる。

老年になり、死というものを真剣に考えるようになった。死ぬときは、ただの一京都人として、ナムアミダブツをとなえてから、静かにこの世から消えていきたい。その程度の仏教徒である。

あらためて益なき事は、あらためぬをよしとするなり（第百二十七段）

名ゼリフである。英会話、パソコンを中高年が習うのもいいだろうが、あくまで頭の体操か遊びとしてである。パソコンで若者と競争してみたところで勝てるわけじゃないし、中高年の値段が上がるものでもあるまい。あくまで体験と知恵で競うべきだ。

日本流が行きづまったからといって、アメリカ式経営にいきなり飛びついたところで、会社がうまくいくはずがない。日本流でもアメリカ流でも、優秀な経営者がいる会社は繁栄している。ダメな経営者がハッスルしている会社は、いよいよダメになる。ただそれだけのこと。

若いときはともかく、中年にもなれば、あまり自分の性格、資質に合わないことは、やらないほうがよろしい。朝型人間が成功するだって？　人間歳をとれば、みな朝型になるじゃないか。トップはネアカがよろしい。だれが決めた？　源頼朝、足利尊氏《あしかがたかうじ》、徳川家康、大久保利通、みなネクラさんじゃないか。バブル期の経営者は、ネアカのつもりがネバカにすぎなかった。

反省も大事だが、中高年の反省のしすぎは身体に毒。武辺一途《ぶへんいちず》の大久保彦左衛門は、徳川泰平の世になり、窓際に追いやられたが、堂々と窓際に居直った。それくらいのあつかましさもあってもいいだろう。これまで懸命に頑張ってきたのだから、五十代諸君。

◎兼好流「良い友・悪い友」

――貧しい人は、とかく財貨を贈りたがる。それが礼儀だと思っているから。老人は力仕事をして報いることが礼儀だと思う。たいていの人は自分にないものを価値あるものと思いがちだが、しかし身の程を知り、できないことはすぐやめるのが、賢いやり方だと言うべきであろう……第百三十一段。

サラリーマン時代出世したとき、自分よりはるかに月給の安い部下から高価な贈り物をいただき、困惑したことがあった。それより温かいはげましの手紙のほうが有難いし、心の負担がない。

若いとき、ゴルフの上手だった初老の人が、あるゴルフコンペでブービーになり、「桜の花のあまりの美しさに心がみだれ、かんじんのゴルフのスコアがめためたでした」と挨拶したが、この人は素敵な人だと思った。また敵にまわしたら本当にこわいのは、こういう人じゃないだろうか。

要するに身不相応なことをするな、足るを知れ、身を軽くしようということである。兼好がほんとうに言いたいのは。

友とするにわろき者、七あり。一には高くやんごとなき人。二には若き人。三には病なく身強き人。四には酒を好む人。五にはたけく勇める兵《つわもの》。六には虚言《そらごと》する人。七には欲ふかき人。

よき友三あり。一には物くるる友。二には薬師《くすし》。三には知恵ある友（**第百十七段**）

一読してわかるように、兼好は相当したたかな現実主義者である。よき友の第一に、平然と物くれる友をあげたところが凄い。兼好は世を捨てたが、高僧になったわけじゃない。すぐれた歌人で和歌四天王のひとりと言われたが、西行のように天性の才もなく、とても日本文学史上に残る人でもないし、冷泉家《れいぜんけ》のような家元生まれでもない。要するにそれだけじゃ、メシが食べられないのである。

兼好は自由の身を楽しんだが、背中につねに生活の不安をかかえていたと思われる。この成り上がり者めと軽蔑していた高師直《こうのもろなお》のラブレターの代筆をやった話は有名。また最近の研究では、土地ころがしのようなこともやっていたらしい。物欲は薄いが、お金の有り難味が十分わかっていた人である。たかがお金、されどお金である。「いささかの金ほしがりぬ年の暮」（鬼城《きじょう》）。

フリーターになりたがる若者がふえている。彼らに言ってやってほしい。若いときの自由は青空だが、三十後半を過ぎると、特技のないフリーターの自由は不安と背中合わせ。あの兼好さんのように、それに耐える勇気がありますか、と。

友人によき医者がいれば、歳をとってもこわがらずにすむ。知恵ある友にめぐまれた人は、人生をふみはずさない。私はもう一つ、阿呆話、ホラ話をしながら快適な時間が過ごせる仲間がほしい。女性？　この話はやめておくことにする。吉田兼好という人は、あまり女性にもてなかったようである。

高貴な人は、外から眺めているのにかぎる。しんどい思いをしてまで、おつきあい願いたいとは思わない。友とするにわろき者の二に、兼好は若い人をあげているが、これはさてどうかナ。若いかしこぶる人と長話をすると疲れるが、そうかと言って、年寄りの原宿と言われる巣鴨《すがも》などへ全然行きたくもない。年寄りだけが集まる街なんて、気色が悪いですよ。たまには若者にまじって遊びたいし、学問もしてみたい。

病なき身強き人。面白みのないエリート官僚でも、大病したことのある人は、どこかに可愛げという人間的魅力があるものだ。

酒を好む人？　大酒飲みはつきあいきれないが、酒を飲めない人も困る。酒は人間関係にぬくもりを与える。たけく勇める兵――私も同感。やはり教養は大事ですよ。作家の石川淳は、教養とは躾《しつけ》だと言っている。

うそをつく人。おやおや、これほどの人間通の兼好さんでさえ、人にだまされた苦い経験があるようだ。欲ふかき人――幸いにして私のまわりには、大金持ちも勲章自慢のイヤ味な男もいない。

友とするに、よき人、わろき者を長々と引用したのは、ほかでもない。もう人生後半、そろそろ気楽に、横着に友人選びをしよう。将来つきあいたくもない人にヘイコラヘイコラするのは見苦しいし、それで胃を悪くし、ノイローゼになるのは最悪。悪き友・上司から、相手に知られぬようにうまく逃げ出そう!

22　西行――悔いのない人生を送った人

町田市のはずれ、鶴川というところに武相荘《ぶあいそう》という茅葺《かやぶ》き屋根の古風な家がある。故白洲正子《しらすまさこ》の屋敷である。

白洲正子は樺山資紀《かばやますけのり》伯爵の孫。薩摩出身の樺山資紀は勇者ながら、なかなかの政治家。明治の功労者の一人だが、薩長閥が天下を支えている、と平然とうそぶく傲慢さがあった。あるいは自負心の強さか。

ともあれ正子は、自分に維新回天をやってのけた薩摩武士の血が流れていることを、生涯誇りに思っていた。能の名手で骨董の真贋《しんがん》が判断できる眼力があった。行動も素早い。韋駄天《いだてん》お正というのが、彼女のあだな。そして何より精神の姿勢がきれいである。このあたり緒方貞子元国連難民高等弁務官とイメージが重なるところがある。

近年静かながら、白洲正子ブームが起こっている。

武相荘が一般公開されたので、家内と一緒に見物に出かけた。山形から日帰りできたという中年の夫婦から話しかけられた。夫婦そろって正子ファン。そのきっかけは、彼女の書いた西行だそうである。

◎制御しがたい心を知るための旅

西行さんか……。私もこの大自由人で天性の歌人については、格別の思い入れがある。

ちょうど六十歳になったときのことを思い浮かべた。大学や高校時代の仲間から、おかげで無事定年を迎えたという挨拶文が連日のようにまいこんできた。世の中リストラでせちがらくなってきたせいか、大企業の社員もふくめて、第二の人生について明確にふれていないのがちょっと淋しい。行間に、もう少し働きたかったという切なさがにじみ出ている。むろん中には、おお定年、これから高等遊民ごっこをやるぞ、という勇ましい文もあったが。

浮き沈みの激しかった会社人生がよみがえってくる。オレも会社をやめず、あのままサラリーマンを続けていたら、もう定年か、痛切な感慨があった。

にわかに、河内《かわち》国南葛城《かつらぎ》の弘川寺《ひろかわでら》に行きたくなった。文治六年、西行が七十三歳で円寂《えんじやく》したところ。桜の花の季節は終わっていたが、西行のお墓におまいりするだけで、はるばるとやってきた甲斐があったと思った。

四十七で会社をやめて独立したとき、自分が心の師と仰いだのが西行である。とかく内心ビクビクしながら兵糧を断たれぬ程度に権力権威にこびず、言いたいことを書き、講演して、六十までやってこれた。もうこれでありがたく年金がもらえる身分。そのことをどうしても西行さんに報告し、謝意を捧げたかったのである。

――西行、出家前の名を佐藤義清《さとうのりきよ》という。武の名門出身。平将門《たいらのまさかど》の乱を平定した藤原秀郷《ふじわらのひでさと》（俵藤太《たわらのとうだ》）の子孫であり、黄金咲く奥州王藤原氏も遠い同族にあたる。同僚に平清盛《たいらのきよもり》をもつ北面の武士である。将来を期待されていた。家族的にもめぐまれていた。自分の身分に対する不満も、行く末に対する不安も何もない。そのエリートが、二十三歳のとき、ある月の美しい夜、栄華《えいが》の待ち受ける世を捨て、出家してしまった。

まさに唐突だった。当時の人々が驚くのもムリはない。藤原頼長の日記『台記』に、「家富み、年若く、心愁《うれ》ひなきも、遂に以て遁世《とんせい》せし」とある。以来、さまざまの西行出家伝説が生まれた。

西行が出家したのは、前の日まで親しく語っていた友人の急死に衝撃を受け、世のはかなさを感じたからだという。

また、やんごとなき人とのかなわぬ恋を出家の動機にあげる人もいる。西行が崇徳帝《すとくてい》をうんだ皇后待賢門院《たいけんもんいん》に、熱い思いをいだいていたことはよく知られている。また一方で、世の無常をなげき、遁世するのは当時の多情多感な青年たちにとって一種の流行であり、西行もそのブームに乗っただけという、さめた見方もある。

私は西行の突然の出家にはこの三つが重なっているように思われるが、ほんとうのところはわからない。西行本人も、混沌《こんとん》とした自分の心を整理しかねただろう。

はっきりしているのは、西行にとって出家とは新しい人生への出発点であり、制御しがたいわが心とは何かを知るための旅立ちであった。それが生涯続くとは、まさか西行も予想しなかっただろう。

◎組織を離れた自由人がもつ覚悟

最初は京の内、嵯峨《さが》のあたりに住んでいたらしい。

世の中を捨てて捨て得ぬ心地して
都離れぬわが身なりけり

世を捨てながら身を隠せない、あるいは隠したくない西行自らの未練がましさを、正直にうたっている。

世をのがれて伊勢のほうへまかりけるに鈴鹿山《すずかやま》にて——

鈴鹿山うき世をよそにふり捨てて
いかになりゆくわが身なるらむ

心の平安を求めて隠者になったのに、かえって心が騒ぎ出すのは、いったいどういうことだろうか、さとりの境地から、どんどん遠ざかっていく不安をおぼえる。

くり返すようだが、私は四十七歳のとき会社を辞めて独立した。自由で解放された身になったつもりだが、これからオレは一人になったのだという不安と喪失感のようなものが押し寄せてきた。未練気もなく捨てたはずの会社人生がこいしい。ふと気づくと、以前勤めていた会社を、まだ〝当社《うち》〟とよんでいる。ゆれ動く自分の気持ちの締めくくりができるまで一年半かかった。

聞くところによると、現役時代より、定年後のほうがかえって仕事や会社の夢を見るそうである。守ってくれる組織を離れたという一種のアイデンティテイの危機か。心を制御するのはまことにむずかしい。

西行のゆれる心を支えたのは、花鳥風月《かちょうふうげつ》と旅、つまり歌である。

二十七歳のとき、最初の陸奥《むつ》、出羽の旅へ出た。白河の関もこえた。白河は能因法師《のういんほうし》の「秋風ぞふく白河の関」で有名。もっとも能因は旅などせず、京で詠《よ》んだだけで、感傷的で技巧に走った歌。

凍った冬の衣河《ころもがわ》をみてうたった西行の次の歌には迫力がある。

とりわきて心も凍《し》みて冴えぞわたる
衣河見に来たる今日しも

はるか後世、江戸の俳人芭蕉は西行をしたい、衣河を眺めてうたった。季節は夏。かの義経の死も、奥州王国の滅亡も遠い昔の話。

夏草や兵《つわもの》どもが夢の跡

この句もなかなかのものだが、心のほとばしる力は、西行のほうが上じゃないだろうか。

あくまでも余談だが。

西行は妙にさとり切った高僧でもなければ、世をスネた隠者でもない。人間関係のわずらわしさは避けたが、人間に対する関心は大いにある。時代への好奇心が、いつもみずみずしく輝いていた。

保元の乱、平治の乱、平家の栄華と没落、木曾義仲の死、源頼朝と東国武士の台頭《たいとう》など、武人佐藤義清のままでいれば自分も呑《の》みこまれたはずの時代の奔《ほん》流《りゅう》に、つねに一歩距離をおいた歴史の目撃者として、みごとに向かい合っていた。事件、騒動、物事に深くかかわらず、とらわれないことが終生の姿勢だったようである。

高野山で荒修行をやったが、西行には出世の階段をのぼって高僧になる気など毛頭ない。三十年の高野山生活を送ったが、しばしば都に出没した。保元の乱で悲運の敗者になり、讃岐に流され崩じた崇徳帝の霊をなぐさめるために四国に渡った。生前の不遇のときの崇徳帝には会っていない。

一見薄情に見えるが、私はそこに組織を離れた自由人がもつべき感傷におぼれない、なみなみならぬ覚悟を見る。

◎西行が達した「空」「無」の境地

文治二年、六十九歳の西行は住みなれた伊勢二見の草庵《そうあん》を出て、みちのくへ旅立つ。西行最後の長旅である。

これは平重衡《たいらのしげひら》に焼かれた東大寺の再建を願った重源上人《ちようげんしようにん》にたのまれて、平泉の藤原秀衡へ、西行が砂金《さきん》寄進を願いに行く目的の旅である。藤原三代の栄華の陸奥は黄金の都。しかも西行の同族である。自分が行けばよろこんで寄進してくれるだろう。四十年前の記憶がよみがえる。なつかしい。西行はよろこんで引き受けた。

掛川から小夜《さや》の中山へ。いまでこそ車で楽々行けるが、当時の中山は箱根とならぶ難所。治安も悪い。その中山を、呼吸を乱さずこえた。そしてたからかにうたった。

年たけてまた越ゆべしと思ひきや
いのちなりけり小夜の中山

ただただありがたい。生きるよろこびをこれほど胸いっぱいうたいあげた歌を、私はほかに知らない。「いのちなりけり」。なぜ人はいきるか、そのこたえがここにある。人間、ときには悲しくて自殺願望にかられるときがある。そのときこの秀歌を声を上げてよんでほしい。

陸奥は遠い。西行は先を急いだ。鎌倉で源頼朝に会う。奥州藤原家の砂金を運ぶとき、そのライバル頼朝の勢力圏を通らざるをえない。鎌倉武士に妨害されないともかぎらない。それを妨害しないという確約を源氏の棟梁からじかにとる必要がある。それがたぶん狙いだろうと、ある優秀な若年歴史家から教えてもらった。

西行は俗世を離れているが、それくらいの政治的配慮ができ、機微《きび》がわかる人だった。けっして単純な人ではない。けっこうしたたか。聖にして俗。だからこそ素手で激動の時代を無事に横切った。

同時にこのさい頼朝の器量を見てやろうという好奇心もあったはず。ただの乱暴者や武勇人をきらった。木曾義仲には冷ややかだった。

木曾と申す武者、死に侍《はべ》りけりな――

木曾人は海のいかりをしずめかねて
死出の山にも入りにけるかな

貴人（公家）でも、風流を解しない男を軽蔑した。左大臣藤原実定《ふじわらのさねさだ》は、寝殿にとんびをとまらせないとして、縄をはった。西行がそれを見て、とんびがいたところで何のさしつかえがあるのか、この殿は所詮その程度の人物だと言って、以降参上しなかったという。この話は『徒然草』に出ている。

一夜を語り明かして、西行は頼朝を相当な器量人と見抜いたようである。たぶん奥州藤原王国の行く末を察知したにちがいないというのが私の想像である。頼朝にもらった銀の猫を道辺の子どもに与え、西行は鎌倉を去った。
この陸奥の旅の途上で、西行最高の歌がうまれた。

風になびく富士のけぶりの空に消えて
行方も知らぬわが思ひかな

自分をあれだけ苦しめた自意識という我執《がしゅう》がくだけ空に散った。歌から技巧が消えた。そういう「空」「無」の境地に達するまで、どれほど長い旅を続けてきたか、西行には深い満足感があった。

ねがわくは花の下にて春死なむ
そのきさらぎの望月のころ

このごろしきりに思うことがある。出世レースやマネーゲームは勝ち負けだが、人生は勝ち負けではない。深く生きたかどうかである。悔いの少ない人生を送ることができれば最高。そこのところで私は西行とちがってまだ悩んでいる。

十何年かぶりに西行さんの好きだった吉野の桜を見に行こうかと思っている。

23 声に出して読みたい「俳句」

齋藤孝というユニークな教育学者が書いた『声に出して読みたい日本語』という本が、百万部突破の大ベストセラーになった。同じ柳の下に、どじょうが二匹も三匹もいるらしい。美しい日本語、朗読して楽しい日本語のたぐいの本が相次いで出版されているが、いずれもよく売れているという。

皮肉をいっているのじゃない。美しい日本語、楽しい言葉、切れのよいセリフが見直されるのは、大変よいことである。ちょっと長い期間、外国へ旅して帰ったとき、何よりのご馳走は日本語である。ほっとする。わが大和民族は、つらいときもうれしいときも、日本語で泣き、そして笑う。やわらかな大和言葉で心がいやされる。

子どもに英語とパソコンを教えようというのは天下の暴論。昔どおり、読み書き、そろばんで十分じゃないか。偏狭と愛国者気取りで、このことをいっているのじゃない。知恵深い孔子さまの言葉も、秀れた日本語の一つと考えたいもの。

明治人は、漱石、鷗外、そしてフランスかぶれの永井荷風も、漢学の素養があった。齋藤さんの本のユニークさは、そのへんのところを大目にみて、李白、杜甫《とほ》の詩や、荘子、孔子の詩や思想をたくみに使いこなしているところにある。

敗戦のことを知っているわれわれは「国破れて山河あり　城春にして草木深し」という杜甫の有名な詩に、いまでもグッとくるものがある。お調子者の自分もまた、元気の出る日本語、知恵のつく日本語のたぐいを、ちょっとあげてみたい。

◎歳を重ねてわかった啄木の真価

まず石川啄木《いしかわたくぼく》。お恥ずかしい話だが、私はこの夭折《ようせつ》した天才歌人のことを、甘くみていた。その真価がなかなかわからなかった。

東海の小島の磯の白砂に　われ泣きぬれて蟹《かに》とたはむる

なんと子どもっぽい歌かと思った。

たはむれに母を背負ひて　そのあまり軽きに泣きて　三歩あゆまず

お涙ちょうだいの作為が見えすぎて、嘘くさい感じがしないでもない。

はたらけどはたらけど猶《なほ》わが生活楽にならざり　ぢつと手を見る

こういう陰気な世界から、一刻も早く逃げていきたいと思ったものだ。そういうわけで啄木の『一握《いちあく》の砂』の世界から、どんどん遠ざかっていった。

啄木の真価がわかり、その歌に感動するようになったのは、中年になってからである。

友がみなわれよりえらく見ゆる日よ　花を買ひきて　妻としたしむ

人事でうごくサラリーマン人生の切ないところは、自分の運命が自分で決められないことである。トップがかわれば、かならず浮かぶ人と沈む人が出るが、私の場合は後者の典型、地方に飛ばされ、先行きも、あまり明るいとはいえない。部下もどんどん去る。会社へ行っても、楽しくない。

落ち込んでいたそんなある日、家内が見事なバラをたくさん買って帰った。それを見ているうちに、心の憂さが少しずつ晴れる気がした。長い人生、浮き沈みはだれにでもある。空元気《から》でもいいから、明るく胸を張って、大学の同窓会にでも出席しようかと思った。友がみな……啄木の秀歌をごく自然に呟《つぶや》いていた。

いまは昔、高名な評論家が、世の中に美しい花などない、花を美しいと感じる人の心があるだけだ、といい切ったが、まったくその通り。美に鈍感な自分が、花の美しさがわかるようになったのはこの時期である。

知人に商社の副社長になった男がいる。この人も四十後半で子会社にまわされ、落ち込んでいた。そんなある日、信頼している先輩にさそわれ、車で東福《とうふく》寺《じ》へ行った。

晩秋のこと。東福寺の見事な紅葉！　感激した。猛烈社員となって茫々《ぼうぼう》二十年余、今年の夏は暑そうだから景気がよいだろう、冬は暖冬だからちょっと売上げが苦しいな……商売に熱中して桜も紅葉もチラッと見るだけ。

ほんとうのところをいえば、桜だ、紅葉だと浮かれている連中を、小馬鹿にしていた。サラリーマン人生の折り返しのところで屈折して、はじめて風流を知らない自分の心の狭さがわかった、とかれはいう。日本の美しい自然、花、桜、紅葉は心のいやしである。

◎方言の持つ温かみ

ふるさとの訛《なまり》なつかし　停車場の人ごみの中に　そを聴きにゆく

横着者の私など、東京暮らしのほうが長いのに、いまだに関西弁を使っている。むろん関西弁といっても京都弁と河内弁のチャンポンのようなもの。生粋の京都弁を使える人など、もう祇園町あたりにしかいないだろう。

東北の人は、関西弁はこわい、ガラが悪いとよくいう。箱根の向こうは鬼が住むか蛇が出るか。会社員時代、関西弁で高声を上げて東北出身の女性に嫌われた（それだけじゃないが）。また東北で講演するとき、不評を買うとわかっていながら、つい関西弁が出てしまう。近江商人の拠点、東京室町の繊維街で講演を何度もたのまれたが、よろこんで出た。長老たちの近江弁が聴ける。

　関西弁のガラの悪さはわからないでもないが、東北出身の人は逆に遠慮しすぎじゃないだろうか。どうしてあんなに方言、なまりをかくすのかよくわからん。英国でも、スコットランド出身者は、スコットランドなまりがある。ロンドン子に田舎者とよばれても平気。方言やなまりは、地方のよき文化だと思う。津軽に行けば、津軽弁を上手にしゃべるご婦人に会いたいし、ついでに津軽三味線を聴きたい。

　水戸商出身のタイガースのエース井川投手は「……だっぺ」と堂々と茨城弁でしゃべってほしい。笑うな！　茨城弁を全国区にするチャンスじゃないか。イヤ味だから小声でいうことにするが、われわれがふつう使っている東京弁、これも一種の方言である。

　考えてみれば、私たちが盆暮れに故郷に帰る、小学校、中学校の同窓会で子どもに帰って、キャッキャ大騒ぎする――地元の言葉を、心のつかえなくしゃべりたいのじゃないだろうか。まるでテレビ局のアナウンサーのように情感のない言葉をしゃべって、どこが面白い。

◎タフさの中にあるやさしさ

こころよく　我にはたらく仕事あれ　それを仕遂げて死なむと思ふ

私はきわめて雑であきっぽい人間。親父が望んでいた学者になることをあきらめたが、どういうわけか広告の仕事に熱中した。花形産業になったいまでは隔世《かくせい》の感があるが、宣伝屋、チンドン屋さん、軽薄人種の集団と散々からかわれたが、それでもこの商売が面白くてたまらなかった。

面白いから熱中する。勉強もする。自らの技芸が、ぐんぐん伸びていくことが実感としてわかった。広告の世界にいたことを、生涯の幸運だと思っている。

五十を過ぎると、サラリーマンいろいろある。リストラ、子会社出向、給料ダウン……こういうご時世だからこそ、逆に自分の仕事を楽しむゆとりがほしい。給料が安くても、目が輝いている人は仕事が好きな人。あるいは仕事が好きになるのも、能力の一つといえないこともない。

むろん趣味の世界に自分の天職を見つけるのもいい。金子兜太《かねことうた》という人は、東大経済学部卒日銀入社のエリートだが、組合運動で挫折して、以降地方を転々。出世にほど遠い生活を送ったが、俳人として一流になり、八十をすぎたいまも元気。

論語にある。「之《こ》れを知る者は、之れを好む者に如かず。之れを好む者は、之れを楽しむ者に如かず」。好奇心、義務感、あるいは単に食べるために始めた仕事を楽しむ極致に入って、はじめて自分は何かをやり遂げたという境地にいたる。

「……智に働けば角が立つ。情に棹《さお》させば流される。意地を通せば窮屈だ。兎《と》角《かく》に人の世は住みにくい」（夏目漱石『草枕』）

担当の編集者がいまの私からとても想像できないというが、じつは支社長時代は、部下にとってきびしすぎる上司だった。同僚や部下と議論してたいてい勝ったが、勝ち方がえげつない。理屈で相手を完全包囲して、逃げ場を与えない。部下の失敗を叱るときは、傷口に塩をぬるようなやり方さえした。

これでは部下は立つ瀬がない。こんな可愛気がない上司を、だれがかつぎたいと思うのか。理づめの説教は、相手の頭を納得させても、心にはとどかない。

私が左遷されたのも、そのあたりの事情もある。

といってもサバイバル時代のビジネスは、義理人情だけで通用するほど、甘くてやわなものじゃない。ときには非情の決断も必要。泣いて馬謖《ばしょく》をきるという。結局のところハードボイルド作家チャンドラーの『プレイバック』の名ゼリフ——男はタフでなければ生きられない。しかし、やさしくなければ生きる資格がない——につきる気がしないでもない。

頭がいいだけの男、銘柄大学出身やビジネススクール出身を一枚看板にしているだけの男、タフだけが自慢の男は、案外ボキっと折れやすい。

◎同窓会で心にしみた芭蕉の句

裏をみせ表をみせて散るもみじ　（良寛）

卑怯《ひきょう》なところ、ズルいところ、意気地なしのところを平気でみせて、それでもなおかつ尊敬される、したわれるのがよき上司であり父親である。人の世は面白いもので、清潔第一、真実一路の人生を歩んでも、だれの記憶にも残らない人がいるものである。

一隅《いちぐう》を照らす　これ則《すなわ》ち国宝なり（伝教《でんきよう》大師）

東京、大田区の中小企業を取材したとき、集団就職で上京して、懸命に技術をみがいて、独立した経営者に会った。六十の後半になってもまだ小さな工場の中で先頭になって働いているが、世界の工場になった中国に断じて負けない高性能の製品をつくる力があると語っている。技術立国日本を底辺で支えているこういう人に出会ったとき、震えがくるほど感動する。

倒れた母親の看護のため、丸の内のエリート社員の身を捨て、故郷に帰ったさわやかな人もいる。ヨメさんもえらい。伝教大師最澄《さいちよう》の「照一隅」賞をあげたい。

粗《そ》にして野《や》だが卑《ひ》ではないつもり

三井の番頭で、国鉄総裁をつとめた石田禮助《いしだれいすけ》の日本男子のタンカ。城山三郎さんの小説タイトルにも使われたが、この言葉が大のお気に入りである。私はワイン通じゃない。ゴルフもへたくそ。西洋料理のマナー悪し。それでいつも家内や娘に叱られている。オペラもダメ。要するに世にいうエリートらしいところ、スマートでカッコよいところは何もない。だから、当節の外交官など絶対なれないだろうと思う。

が、ただ一点彼らより卑ではないつもりである。うぬぼれかな。

どうも話が説教めいた。最後に好きな芭蕉の句をあげる。

旅人と我名よばれん初しぐれ
名月や池をめぐりて夜もすがら
夏草や兵どもが夢の跡

地味だが、

さまざまのこと思ひ出す桜哉

三十九歳で江戸に出た芭蕉が四十五歳のとき、故郷伊賀に帰ったときよんだ俳句。なかなか印象深い。十何年かぶりに小学校の同窓会に出たとき、しみじみと味わった。

24 「老荘思想」の無常観に思う

平成八年夏、俳優の渥美清《あつみきよし》さんが亡くなった。

人知れず長い闘病生活を続け、忽然《こつぜん》と世を去った渥美さんの死を、人びとは「寅《とら》さんの死」として捉《とら》え、永遠の旅に出た寅さんに惜しみない哀悼《あいとう》を捧げた。

主役の急逝《きゅうせい》で、映画『男はつらいよ』も全四十八作で完結することになった。二十七年間で、のべ八千万人が見た世界最長のシリーズ映画。日本人はなぜ、これほどまでに寅さんを愛したのだろう。その理由を、私は「漂泊《ひょうはく》」と「定住」の二つのキーワードで考えてみたい。

風の向くまま、気の向くまま、全国を旅して回る寅さんの姿は、家庭や会社のしがらみに縛られて生きる私たちの〝憧《あこが》れ〟を誘う。あんなふうに自由に、マドンナに恋をしたりしながら暮らせたら……と考える。

かといって寅さんは、天涯孤独の放浪者というわけでもない。葛飾柴又《かつしかしばまた》に帰れば、最愛の妹・さくらちゃんが、いつでもお兄ちゃんを信じて待っている。そこに私たちは、何ともいえない〝安心〟を感じる。

気ままな漂泊の日々を過ごしながら、帰るべき定住の地を持つ寅さんは、「夢」に生きながらなお「現実」の安定も得ているという、日本人の理想的な生き方を体現しているのである。

しかし、寅さんは逝《い》ってしまった。そう表現して何ら違和感がないほどに、渥美さんの死はあまりに「寅さん的」だった。あれほどの有名俳優が、家族だけに見送られ、黙ってこの世から消えていった。仰々しい花輪の飾りも、参列者の大行列もない、本当に寅さんが旅立つときのような死……。寅さんの生き方に憧れ、共感した人々が、その死にも強い共感を抱いたのは当然だったといえよう。

そういえば、この年に逝去《せいきょ》した著名人には、渥美さんと同じような死に方を貫いた人が多い。敬愛する司馬遼太郎さんもそうだった。家族だけで告別式を済ませ、公的には親しかった人たちの間で「偲《しの》ぶ会」が行なわれただけだ。女優の沢村貞子さんも、逝去が報じられたのは死の数日後。栄達《えいたつ》も名誉も捨て、ただの一京都人として死にたいと語った京大教授の高坂正堯《こうさかまさたか》氏、戦後日本の知的巨人の一人であった東大名誉教授の丸山真男氏も、派手派手しい葬儀を排して静かに世を去っていった。

こうした傾向に、私は日本人の「死」に対する価値観が変わりつつあるのを感じている。「葬式に何人の弔問《ちょうもん》客が来るかで、その人の値打ちが決まる」などといわれた窮屈なタテの身分社会の時代は去り、「地位も名誉も金も関係ない。死ぬときはみな虚空《こくう》にもどる」というささえとした諦念《ていねん》を、人々が「美しいもの」として捉え始めたのではなかろうか。

◎信長にあってカエサルになかったもの

世界国家を構想した古代ローマの英雄カエサル（シーザー）と、天下布武の号令をかけた織田信長の「最期の言葉」を比べてみると、面白い違いに気づく。

彼らは、ともにブルータス、明智光秀という配下の信頼する人物の反逆に遭《あ》って横死しているが、カエサルが「ブルータスよ、お前もか」と叫んで絶命したのに対し、織田信長の方は「是非におよばず」とただ一言。

信長はなぜ、「光秀よ、お前まで裏切者か」とはいわなかったか。その理由は、おそらくかれが「人間五十年、下天《げてん》のうちを比ぶれば、夢幻の如くなり」の一節を愛する、日本の伝統思想たる「無常観」の持ち主だったことに求められると思う。

信長は、わが身を滅ぼそうとする光秀の軍勢より、さらなる大きな「宿命」なるものに自分が包囲されていることに気づいていた。栄枯盛衰《えいこせいすい》を繰り返すのが人の世の常、自分がここまで昇り詰めたのも宿命なら、滅びゆくのもまた宿命――そんな彼の「無常観」が、くだんの透明なセリフになったのではないか。

無論どちらのセリフが上等か、簡単にはいえない。一般的に西洋人は執念深い。おのれの夢をとことん追い詰めていく。また西欧での友情は、まことの信頼を意味する。一種の道徳である。

カエサルのセリフに未練がましさを感じるのは、感傷的思考にすぎない。が、そのことを十分承知した上で、われわれ日本人は信長というこの一代の英雄の最後の名ゼリフに感嘆するのである。

先の死生観の問題にしてもそうだが、日本人がある行動や言葉に「美しさ」を感じるとき、どうやらその底流には「無常観」が見え隠れしている。私はこの「無常観」を掘り下げた先に、これからの時代を生きる知恵が隠されていると思うが、なかでもその形成に多大な影響を与えた「老荘思想」は、じつに重要な比重を占めてくるように思う。

これまで右肩上がりの発展期を過ごしてきた現代日本では、「無常観」は長く人々の心の奥底に閉じ込められてきた。企業も個人も、より高い収入、より高い社会的評価をめざしてひたすら走り続けた。そんな時代には、西洋的な合理思想や、「仁義礼智《じんぎれいち》」を旗印に人生と積極的に向き合うことを説いた儒教が礼賛される。まさに渋沢栄一のいう「右手にソロバン、左手に『論語』」である。「無為自然」を説く老荘思想は、いわば脇役にすぎなかった。

しかし、明治以来のキャッチアップ段階が終わり、経済的・物質的繁栄が行きついて「成熟の時代」を迎えた現代社会では、肩書や資格など形式的なものより、個人の〝感性〟を中心とした「価値」に人々が意味を見出し始めている。時代はすでに、たんなる成熟を超えて「美しき成熟」に向かっている。そう思いたい。

そして、そんな「美しき成熟の時代」の中心にくるべき思想は、理詰めの論理学や道徳では立ち行かない。もっとおおらかで、肩肘張らない、人間の営みを大きな視点でゆったりと捉えられる思想――すなわち「老荘思想」が、これからの時代の有力なキーワードにふさわしいのである。

◎無用なものこそ有用だ

「其の雄を知りて、其の雌を守れば、天下の谿《たに》と為《な》る」

『老子』第二十八章の言葉である。力強さ（雄）と柔弱さ（雌）をわきまえれば、天下の谷となって人心（の水流）を集めることができるという意味だ。

日本人はこれまで、勤勉さや一糸《いっし》乱れぬ集団の力で今日の繁栄を築いてきた。しかし、そのことが逆に現在の閉塞状態を生み出している。これからは「剛強」だけでなく、「柔弱」にも価値を見つけてみよう、もっとリラックスして世の中を捉えてみよう、と『老子』は語りかけている。

「足るを知れば辱《はずか》しめられず」（『老子』第四十四章）

従来の日本社会では、年収八百万円の人より、年収千五百万円の人の方が立派だと考えられ、さらに上の収入を手にすることが「善」であった。ところが今日では、あくせくと自分や家庭を犠牲にして千五百万円の収入を手にする人より、八百万円でもゆとりを持って好きなことを追求し、堂々と胸を張って生きることに憧れる人が増えている。自分の住まいの価値を土地の値段で決めるほどアホ臭いものはない。足るを知る――まさに「美しき成熟の時代」の基本精神といえるだろう。

「人みな有用の用を知りて、無用の用を知るなきなり」（『荘子《そうじ》』人間世篇《じんかんせい》）

効率本位で突き進んできた現代日本は、有用と無用を峻別《しゅんべつ》し、「無用」なものには何の価値も見出そうとせず、捨て去ってきた。その結果、偏差値優等生が杓子定規《しゃくしじょうぎ》の仕事を進め、「遊び心」や美しいものをつくる「創造力」がなくなった。便利、清潔、効率の良さだけで都会の美しさ、魅力はつくれない。丸谷才一《まるやさいいち》は東京の最大の愚行は、銀座の川を埋めたことであるといったが、同感である。ロンドンのテームズ川、パリのセーヌ川、ニューヨークもそうだが、川は散歩、思索の場であり、心のいやしである。「無用と思われるものこそが、じつは有用なのだ」という『荘子』の教えは、まじめ人間が引っ張ってきて行き詰まった日本社会を転換する上で、大切な発想だと思う。

◎風の向くまま、気の向くままに

以上、三つほど具体例を挙げてみた。

老荘の言葉には、たったこれだけでも、日本社会にあった窮屈さから私たちを解き放つ叡智《えいち》があふれている。そしてこうした名言群の基本にあるメッセージを、私なりに解釈して表現すれば、

「あまり物事に執着せず、長い時間をかけてリラックスして生きましょう」
ということになろうか。

この間、十何年かぶりで自分のデビュー作『冬の火花――ある管理職の左遷録』を読みなおした。今では、私を左遷したトップも現役引退、私をかわいがってくれた常務、私を憎んだ（？）専務はすでに亡くなった。長い時の流れが、人間の営為のはかなさを物語っていることを、改めて心にしみて感じた。小心者のくせに、立身出世に執着しておのれの人生のペースとリズムを忘れていた自分を、思わず笑いたくなった。

とらわれる必要などない。自分の今ある境遇を、ありのままに受け止める。何かに失敗しても、そういうものだと考える。自分を「まじめ」「几帳面《きちょうめん》」だと思う人ほど、あえて「ちゃらんぽらん」に振る舞ってみる。先を急ぎすぎたビジネスマンは時には立ち止まった方がよい。視界がひろがる。〝悠々として急げ〟は、人生の達人だった開高健《かいこうたけし》の座銘訓。

「美しき成熟の時代」は、一人一人が自分にとっての「美しさ」に出会う時代である。他人や組織に頼ってはいけない。それは自分自身の心のなかに眠っている。

もっとも見つからないことにとらわれて、焦ってもいけない。「見つからなくても、まあいいや」と考えよう。無理に答えを出そうとするから、超勉強法に走ったり、妙にオカルト的になったりする。これほど、老荘の精神とかけ離れたものはないだろう。

金も名誉も地位もない、偉人でも美男でもない寅さんが、私たちを魅《ひ》きつけてやまないのは、あるいはその自由自在な生き方が老荘の精神にかなっているからかもしれない。

あとがき

還暦をすぎてから、しきりに想うことがある。

企業競争、出世レース、マネーゲームは勝ち負けだが、人生は勝ち負けではない。より深く生きたかどうかである。

金持ち父さん幸福、貧乏父さん不幸のさもしい成功二分法は、栄養のない枯《か》れた木を見るようで、人生の厚みがない。

人生それぞれ、人さまざま。会社員時代に笑い、定年後泣く人がいる。その逆のサラリーマンもいる。

モノより思い出。浮き沈みの多い会社人生を生きた人は、たくさんの思い出を余生に残して面白い。風流心を知る人は、貧しくとも心ゆたかである。夢持ちは未来を楽しむ。

とはいえ、悔いなき人生などない。無傷の人など今どきめずらしい。自分の人生も、ま、それほど捨てたものじゃなかった——その程度で十分ではないか。

年をとってから昔観た映画『ライムライト』のチャップリンの「生きていくのに必要なのは勇気と想像力とほんの少しのお金」という台詞《せりふ》の滋味《じみ》がわかってきた。あとは、あまり先のことを考えず、風まかせというのが私の哲学らしきもの。そのへんのところをエッセイ風に述懐《じゅつかい》してみた。

経済の成熟とグローバル化のきびしい現実の中で、大企業不倒神話も砕《くだ》けた。定年まで大過なく実直に勤められる社員は、むしろ幸運な方だろう。

昔とちがって、サラリーマン人生の起承転結の〝結〟のところでつまずき、ひどい目にあう人がふえた。サラリーマンOBの一人として、苦しみ悩む中高年への応援歌を、いささか小声でうたってみたい。この本はそういう気分で書いた。

江坂　彰

この作品は、二〇〇三年二月にＰＨＰ研究所から刊行された
『定年後に笑う人』を改題し、加筆・再編集したものである。

著者紹介
江坂　彰（えさか　あきら）
1936年（昭和11年）京都生まれ。京都大学文学部卒。大手広告代理店幹部社員を経て独立。作家兼経営評論家。
著書に『冬の火花』『人材殺しの時代』『企業は変わる　人が変わる』『経営を見る眼　見抜く眼』（以上、文藝春秋）、『冬の時代の管理職』『「課長」の復権』（以上、講談社）、『三年後に笑う会社』（光文社）、『サラリーマン・こう考えれば勝ち残る！』（PHP文庫）、『あと２年！』（PHP研究所）など多数がある。

ＰＨＰ文庫　定年後。こう考えればラクになる

2006年10月18日　第１版第１刷

著　者　江坂　彰
発行者　江口克彦
発行所　ＰＨＰ研究所
東京本部　〒102-8331　千代田区三番町３番地10
文庫出版部　☎03-3239-6259（編集）
普及一部　☎03-3239-6233（販売）
京都本部　〒601-8411 京都市南区西九条北ノ内町11

PHP INTERFACE　http://www.php.co.jp/

ＤＴＰ　株式会社マッドハウス
印刷所
製本所　凸版印刷株式会社

ISBN4-569-66706-6